歌集

日月

健やかなる時も
病める時も

西田泰枝

青磁社

R.Steiner “IN FULL BLOOM”

日月＊目次

I

西田泰枝歌集

日月

健やかなる時も病める時も

長女《こ》を嫁にやるとうことにふれずただ寡黙に昼の飯を終りぬ
手ばなしてやらねばならぬさだめとも思いかねつゝ幾日暮れにし

母・松本寛子の歌二首

I

新居への道

一九七一年二月

ありなしの風に樹々より散る雪の春めく明るさ新居への道

立春の陽は雪原に反射して萌えなん木々の伸びのたしかさ

運よければ冬富士見ゆる湖の堤防ゆきて戻る週末

うぐいすの声のどかなる裏山はこの土地びとの墓石並ぶ

湖に無数の鳥の茜影その二、三羽が水くぐりする

ローム層の表土吹く風あさごとに濡れ縁に砂を置きざりにする

暮れきらぬ湖面も森もほの紅し影なきほどの影も春いろ

鮮明に蘇りくる夜桜の姿かなしも京住みの日々の

夫見送り朝まだき道戻りくればここもふるさと朝陽出る見ゆ

人ら覚めぬ道戻りくれば魚屋の屋根に朝陽がやわらかく降る

荷番号無造作に書き加えられ里の香りの届く水無月

手術後の胎動なき日続きいて身にしみわたる夕立の音

病み臥して乱れし髪をときくれる君が手ぬくし耳朶に近く

飛べぬわれになお大き翼与えんと君が優しきひとみに会えり

童女写るカレンダーに背を向けて臥す　わが胎児《こ》育つにかたしと聞く宵《よ》

女児なりし未熟のままに逝かしめて深夜窓打つ風雨《ふうう》ききおり

暴風雨過ぎたる朝のきらきらし甘えてみよとやハナキリンソウ

湖に鳥戻りきて昏れなずむ堤をこの秋愛犬とゆく
（東村山市多摩湖）

君は大きわれは小さき犬連れてすすきの丘を池まで歩く
（ふるさと新池）

雪解どき不意に悲しみはかえりくる編みためしベビー用品に陽差し及びて

ふっくらとピンクのモヘア巻きながら炬燵に午後の雪解見守る

優しく育てよ　　　　一九七二年

街の屋根なべて白銀に光らせて東京の空に月あかく見ゆ

瓢簞のくびれももろに照らしつつ仲秋の月中空にあり

柴犬と医師伴いて夜道戻る熱ある君をひとり待たせて

しぐれたる歩道を照らし何ごともなきかに月の光静けし

雑木野の落葉をふみて遊びしか愛犬マキも逝きて幾月

いつの間に濁りていたる心かと午後の日溜りに鏡をみがく

手入れせぬ庭に芽吹けるアイリスが春までかけて伸びんとしおり

北山のしぐるるころか故里の天気予報が不意に懐し

ジャコビニの流星雨みえぬ長い夜闇をくぐりて木犀におう

数ヶ月散歩するなきまま過ぎて夏木立のままの記憶の森

夜もすがら雨降る音と思いしが朝《あした》の庭に噴水が吹く

（緑風荘病院）

優しさはあるいは母にも似たるなり噴水の音に眠りまた目覚む

さわやかにふく噴水よ目を閉じて母となりたる身をいとおしむ

みほとけの和顔、無垢なるまなこして腕にあるもの優しく育てよ

雪籠りことりともせぬ子の寝顔に母の面影祖母のおもかげ

観音峠をこえて　　一九七三年

雨にふれんと伸ばすかいなにてのひらに雨のかかれば声上ぐ吾子は

つきぬけて観音峠こえゆけば夏の終りの白い雲湧く

早産死のわが児のねむる墓の辺にまろぶどんぐりを拾うおさなご

名さえなく逝きたる児も吾子血のように熱き涙をそそぎ去り来ぬ

夕映えを不思議そうに見る吾子の背にたくましさの見え始めたり

不似合いな服着ていたる心地する姑と二人の昼餉のあいだ

常に夫に庇われるわれが憎しみの種となるらし姑という性《さが》

長女出産――姫路城東病院　　一九七五年

まろき乳にのめりて飲める子のまなこ閉じたる形も夫思わせる

あにいもうと唇《くち》の形の似ていたりのぞくのぞかれる無心の顔に

上の子を抱きしめぬまま帰らせて夕べうつうつと乳を絞れり

夜半乳を絞り届ける看護婦の詰所はいつも赤子の声満つ

立春を一日すぎて生まれたる子にふさわしく陽子と名付く

兄いもうと　　　　　　　　　　一九七六年

兄いもうと小さき背《せな》をならべつつ水遊びする初夏の狭庭に

つくばいに半日も遊ぶ子のめぐり羊歯の新芽の健やけき伸び

三角形ばかり折りいし幼児がある日目を描き小犬と言えり

線ばかり描けるノートある日より形みせゆく堰切りしごと

スリッパを俎板に並べとどまるなき子らの悪戯梅雨ごもる日は

小さき籠に移しし鳥にことごとく怖れられおりわれの仕草は

鳴き真似の上手な夫に欺かれ夜半応え鳴くセキセイインコ

姿見にふと映し見る現身は闘士のごとき顔ももつなり

御仏の顔にも見ゆる子の面輪夜ごと見やりて四年をすぎぬ

優しさも厳しさも我が為ししまま兄は妹を教えつつおり

夏の虫死に絶えし庭にうずくまり子はどんぐりを日ごと拾えり

子らの歓声《こえ》風にとびちり大樹よりヒヨドリも散る頭上を不意に

兄いもうと小さき二人のふくらみの布団に月の光のうつろい

寒の湯につまりし乳首を洗いおく夏に生まれてくる子のために

たどたどと「あのね」と言いて涙する子は春雪がつめたいと言う

うす衣をゆらせて脈を打ちているあと幾日で出会うはずの子

父性淋しき　　　　一九七七年

花売りの通りしあとは軒々に花飾られて京都陽春

合図のごと腹蹴りやまぬ胎児《こ》の声を黙しききおり夜の闇の中

激しかる胎動知らず睡りいる父性淋しき額《ぬか》に触《さや》れり

幼子より父の日のプレゼント受け夫朗らなり寝に落つるまで

白き花細かにこぼるる樹陰ゆくわれら四人のこの世に小さし

祇園ばやしに

真っ盛りの祇園ばやしにのりて生《あ》れぬ最後に家族に加わりし子よ

このまちに逅いにしものよ影ばかり市電撤去の報じられいて

家ぬちに生命《いのち》しずもる秋の夜を同じき方を向きつつ眠る

まろび落ちる乳ほの白し子はわれの目を見据えつつ貪りて飲む

海外へゆきて不在の夫の部屋にひとつ移りし季節の花活く

黄ばみそめし桐はいっぱいの風を受け秋のひと日をさわさわと鳴る

透くごとき黄にうつそみを染めてゆきし狭山湖の秋を誰にか告げん

鉄　線

一九七八年

古りし蓋ひらけば調べ奏でるよ「乙女の祈り」たなぞこふかく

風落ちし岸辺戻ればまのあたり雪大文字毅然と輝く

嫁ぐ日に持たせてくれし紅薔薇の色紙をかける春あさき宵

やわらかき蓬摘みたる右の指抱かるるときほのかにおえる

紫にれんげかすめる夕まぐれバスを待つ青年の遠景

産むまでを安くあれよと夫の賜びし鉄線ことしも色濃く咲けり

迷うなく添え木を昇るてっせんの塀越えるあたり月さしており

月のさす庭はひそまり蟬の子ののぼりはじめぬそここの幹

胎生のわが遠き夢よびさます蟬の穴深く庭にのこりて

月の坂

初夏のトマトいだきて渡る橋の上に化身のようなる黒揚羽舞う

別世界のごとくに吾子が遊びおり夏の髪すく鏡の奥に

夜の卓に桃わかち合う夫とわれとつきつめて生《せい》を語りしことなし

迷いきて小さき位置占める十姉妹ふりかえりふりかえり水のむ

貝殻骨小さき対《つい》なす背中なり朱夏ぎらぎらと燃えたつ水辺

冷やしたるメロンに寄りてカナリアは側にわが佇つこと気にするらし

月の坂かけ登りゆき結婚を承諾したりき遠い遠い初夏

月見草明るき野のある故郷にちちはは少し老いそめいます

違えずにわが歩みきやこちら向き父いつまでも手を振りている

千六本白きを刻む窓遠く冬いちばんの雷《らい》鳴りわたる

塩きつくふりたる鯖を並べおり野分はじめて窓を打つ午後

こざかしく時切りわけて立ち働くわれに秋の陽暮れやすく落つ

冬の空いちめん白き星降れり悔み述べきて口結うわれに

背後より呼ばれし思いふともしてふりむけば銀杏散るばかりなり

夏空の面影遠く冬に入る蹴上の老杉たち騒ぐ真昼

霜柱の干潟　　一九七九年

たれも踏まぬ霜柱たつ干潟ゆく夫と子とわれの足あと続く

夢の還る道定まりてふる里の昔の家にわれは立居す

春月のごときマヨネーズ練り上げて一日の終り安くあるべし

パン生地の黄のやわらかきねかせつつわれも睡らん春寒き夜を

砂糖黍の葉ずれさやけき海の辺の風葬跡の眼窩忘れず
（徳之島）

ねぎぼうず雨に打たれて並みたてり父母《ふも》を残して帰りゆく道

五月の空バドミントンの羽根白くゆきかえるなり子らとの距離を

姉妹みな嫁ぎ出でて広き家《や》に寡黙と孤独に父母老いしめき

さつき

細やかな愛もつ夫と愚かなるわれとが共にさつき愛でおり

花といえど節操なきと一株に幾色咲くを夫は疎めり

汗くさき頭《かぶり》もつ子をいだきゆき月のふとんに寝かしやるかな

夜干しする梅の香強く匂いたつ深夜に戻る夫迎え出て

炎症の腎盂

上海に発ちて夫居ぬ家ぬちを秋の日差しのうつろ長かり

いつしかに秋の虫の音しげくなり遠き大陸の汝が背《せな》思う

幾日ぶり病窓に抱けば末の子はもろの乳房をつくづくと吸う

われ病みて汚れし頭《かぶり》もつ子らのひとりひとりを撫ぜてやりつつ

泣きじゃくり姑にひかれて帰る子の朱きズボンに夕陽がにじむ

炎症の腎盂いだきて喰みゆくにつぶつぶとあかき無花果の芯

病窓の下を泣きつつ帰る子の夕陽の中の足白く見ゆ

夕焼けにまみれて泣ける末の子の赤いサンダル手にもつジュース

「お母さん」とのみ言いて馴寄りくる長女よく聞き分けていとおし

長《おさ》の子は病ききくるるいつになく草笛のごとき細き声して

病みて臥す側にいつしか眠る子の踝淡き蒙古斑ある

枕辺に声なく遊ぶ三人子の背景の窓に雨降り止まぬ

西の樫、南の松も暗ぐらと塀内ながら風を鳴らせり

一九八〇年

子らと奈良へ

男らしく成りゆく手と肩みせている子は少しずつ眩しくなりて

みずおちの底いに響く夕鐘の桜《はな》には早き大和青垣

握りたる土筆の胞子にうすあおきてのひら子らは見せあいており

（崇神陵にて）

さかさまに墜ちゆく思い今宵して真闇に沈むごとき手枕

疲れ臥すわがため桜活けられて今宵の卓の華やぎており

桜一枝夫が切りたる狭庭辺に日照雨の過ぎし明るさのあり

母の黙

夜の卓にレザー打ちつぐ母の黙《もだ》母には母の花吹雪あらん

少女期の谷深く咲く山桜記憶の裏を灯す明るく

シースルーの緑をまとう女神《にょしん》のごと春大銀杏萌ゆる図書館

たよりなく巻く春キャベツと苺のみ抱きて渡る夕ぐれの橋

花のいろ移ろいめぐる里の家に若き写真はそのまま古りぬ

武蔵野の

乙女より妻となりたる武蔵野の若葉のときを切に恋うなり

追憶は斜めずれつつ新緑の木蔭の蛇口に水のみており

誰もわれにふれるな遠き落日と紫雲英の蜜を混ぜ合わす今

連翹の燃ゆる一途に寄りゆけど同じき春の還ることなし

淋しさをはずせるごとくはずしおく二十才の冬のネクレス一環

沈みそむわが夏の夢　深閑と鬼百合裂けて花かかげおり

わが翼拒める夏の三人児の貝殻骨を風光りゆく

誰よりもわれを幸せにせし夫の音程少し狂うことあり

いつの日もクッキーの種を秘めているこ魔法のてのひら子は信じいよ

音楽と虫と絵具でできている子の手と頭《かぶり》をわが幸とする

よい酒をのみて戻れる夫の背とわが胸ぬらす極寒の月

三十枚障子張り替え歳晩のひと日すがしき夕べとなりぬ

一枚の田ごとに名前ありたるをおよそ忘れしわが生きざまか

冬の水辺で——深泥池に夫や子供達と行きて　一九八一年

枯れ果てし水生植物はつ夏の青吹く地下茎もちて眠れる

薄氷に石投げている歓声も冬の湿地は吸えり静かに

霜柱ざくりと踏みて立ち入れば冬木の匂い身に染み渡る

氷張る音かとまがう閑けさや深泥池の冬の日の暮れ

仁和寺にて

里桜匂うまなかにおきたれば子は透くごときかいな伸せり

二時間の時差の向こうの夫に代り皐月に水やる子を遊ばせつつ

野の鳥が育つ庭木々切りかねて小暗き夏を幾重ねもつ

さっきまで歌いておりし幼子が水玉模様のリボンで睡る

鷺舞を見に八坂神社へ

七月の地熱あふるる甃《いしだたみ》　鷺舞は夏の純白絞る

足細く舞う少年の鷺舞の羽が灼熱をはじく甃《いし》の上《え》

われよりも乳房豊かな小学生の二重母音を直すけだるく
（英語教室）

桜貝、巻き貝ひろいまずわれに持ちくる子と夫ありて愛《いと》しも
（鳥羽にて）

ちぎれるほど手を振り別れし夕ぐれの角より子らは夢に入りゆく

ほの見えて紫ゆらす野ぼたんは母がこの春植えおきしもの

発表会終えたる子等が熟睡《うまい》せる今宵の月の光増しゆく

苦しみて生みしも過去となりゆきて境内に子らとぎんなん拾う

やわらかき冬陽の庭に穴掘りて子は赤き実を育てんと言う

やかましくインコ鳴く午刃《ひる》を選りてキャベツを刻む糸ほど細く

子の指の形に曲る手袋のモヘアの輪郭ゆらめく木椅子

侘助椿を植える

一九八二年

蛇などが睡りてやいん瀬戸混じる土掘りて侘助椿を植えぬ

真白にこぼるる八ツ手の花小さし小さきを踏みて雀が遊ぶ

山間《あい》に降りたる雪にぬれて戻る子の紅き頬を灯のもとに拭きぬ

小動物が冬の疎林に見てやいん冬苺採るわれらの背《せな》を

如意ヶ嶽の尾根の枯葉にたわむれるわが子を栗鼠と思いみており

受験近き生徒見送り佇つ宵を春のあられのきらきらと降る
土砂降りの春夜を明日の仕事手順書き記しおり子の眠りたるのち
チューリップ真っ赤な円形花壇にて子等いきいきと春を喜ぶ
水疱の子に歌いやる子守唄　春の葉を打つ雨に合わせて
クローバーに埋みて遊ぶ子たまゆらにうさぎのような目で我を追う
暗誦聖句唱える吾子の傍らに紫蘇もみており指そまりつつ
合唱団に娘《こ》の通いそめ新しき風景みえくる土曜日の午後
白波の寄せる砂丘に子は戯れわが呼ぶ声は届くことなし

波音につつまれ砂丘に遊びいる子もまたわれを過ぎてゆくべし

河原町を見おろす席に蟹食《は》めば語るなく終えぬ夫との食事

シクラメンを選りいる夫の手のやさし旅人のように夜の町を来て

力強く冬の星座のめぐる夜を子は望遠鏡あかず覗けり

記念植樹　　一九八四年

青天へ直には伸びよ緋のリボンつけて植樹の苗よこたわる

入学の子もまみどりに光りたり北山杉の記念植樹と

いと小さきものに告ぐるなり風となり光となりて野には出でゆけ

むく犬の白きまるみを野に放ち少女は長く駈けていたりき

花だより聞きそむるころの切なかり少女となりゆく子のまなざしも

わが影の外にとまれるしじみ蝶己が小さき影をふみおり

疲労感やまざるわれと迷い来し鳥と向かいて昼餉を終えぬ

コーヒー色に熟れし菖蒲の実をあまた子は集めいる午後四時の野に

猪の足跡残る干潟来てたわわに赤き木の実の光る

いずこにも吾子見分かねど組体操の力たのもし高々と組みて

モナ・リザのパズル

ドイツより帰朝の若き人を囲み夫は少しく疲れておらん

身ひとつに翔ぶ冬鳥の羽も欲しマフラー厚く首に巻くわれは

冬の岬知らぬが不意に悔まるる紅き鮭の身鍋に入れつつ

声変り近しと思う咳ばかりしては物言う子のこのごろを

同じ闇を門ひとつに隔つとき光増《かげ》すごとし冬の星座は

木もれ陽をひたに集めて冬いちご束の間谷を明るくすなり

西の廊東の廊と磨きつつ冬陽あかるしわれの無心も

松やにをたっぷり塗りてゆるめたる弓は眠りぬ寒の月夜を

未完成のままなるパズルのモナ・リザが微笑み続ける春の幾日を

新緑をよぎりて白き種子飛べり分相応の未来をもちて

真青な五月の海を見てきたる夫の傍えに海の風吹く

黙深き老父《ちち》のうしろでを目に追いぬ継がざるわれは我の思いに

チゴユリの群れてかそかに揺るる谷杉枝のぶらんこ子はゆらしつつ
（古法華）

ふる里にて　　一九八五年

誰か倒れていんやとのぞく小屋の辺に胸ふくらませ鳩くくみ鳴く

父母の生業《なりわい》止める様を見ぬ訪い来て会えぬ雨のま中に

父母の居まさぬごとき静けさもわが結婚が強いし索莫

捨てんとはせざりし故里《さと》を六月の雨の真中を濡れてぞ行きぬ

さばさばと生業仕舞うという父と母に向かいて言葉失う

夏の花溢るるばかりの一枚の田の不幸せというも思えり

富士登山——長男の中学入学を記念して

忽然と山頂みする裏富士の褐色雄々しも今し登らん

木洩れ日をはだらに受けて子はねむるマイヅルソウのじゅうたんの上

石楠花の色に暮れゆく六合目の傾斜角何度ひたに美し

ひしめきて生きこしかたも夢のごと降るごとき星の光《かげ》に濡れつつ

余剰のものなべて捨て去り満天の星を総身に浴びる素直に

明日はゆく信濃の山の頂の数々見えて雲海深し

仄暗き樹海の内景へ踏み入りて子はひっそりと木の実を拾う

なにものにも紛れぬ清き意志はあり富士山頂を極めしこの夏

車山高原にて

若き日に夫は来しとぞ　高原は花満ちており谷にも尾根にも

かんぞうの花群風にゆらぎつつ尾根まで行かな夫の踏み跡
フウロソウもホタルブクロもスケッチに収めて山の午後の闌けゆく
紅のシモツケソウは群れ咲けり暮れやすき谷に夢のごとくも
山百合を描く少年のテリトリーに朝《あした》のリスはかろがろ入りぬ

誕生日

夾竹桃ひときわおごりて咲く夏の原爆記念日はわが誕生日
忘れずに花束届く誕生日三十九のろうそく燃やす
懐しき歌詞にて合唱のもれてくる夏の木陰に長く聴きたり

団員の一人でありきと名乗らねど木陰にひとふし口遊みきぬ
（京都会館前にて）

昼の星座

キャンプより戻りし吾子のもの干すと出ずればさやけし秋風立ちぬ
うろこ雲の淡く細かに広ごりていずれの秋にかわがたち戻る
ああさわに秋の風吹く午後にしてあらかしの葉擦れ耳を満たせり
鈍き音に樫の実屋根打つつひすがらを我はひびもつ器のごとし
楽隊の通り過ぎたる静けさに木の実落つる音また響くなり
個人的幸《さち》不幸せを遠く離り昼の星座のめぐる冬空

やわらかき革手袋よけだものの皮膚感覚にてある日町ゆく

夕べ遅く戻れる門に咲きみちて金木犀の甘く匂える

湯浴みして光のごとき湯気立てる子の足長し半年のうちに

ドライヤーの音ポソと切れ湯浴みより子の戻りくれば光のごとし

クルミパンこねて打ちつけ焼く朝輝くばかりの今日のはじまり

鮫の脂塗りて落ちゆくごとく眠るわが冬の夢や何色ならん

蓬の色

早春の枯野によもぎ集めつつ蓬の色を子は覚えしや

臘梅の初咲き母と見ることものちの思い出とならん儚し

雪降る音耳に及びぬ横文字のタイプ打ち終え伸《のび》するわれの

くれないの母のショール　雪降る日思い出さるることのひとつに

峠にて雪の情死と言えりかし井上靖を子に与えんとして

叱りつけてそのまま遣りし子の帰宅長く待ちおり雪の春宵

子は子親は親　古びたる総革の辞書にわれは手を置き

心にも肉《しし》にも傷をふやしつつ而立というをかく越えゆかん

黒く長き鰭ゆったりとうち返し夫に慣れゆくや水槽の魚

朱き腹みせてはりつく守宮いて小《ち》さき窓遠く六月の月

紫蘇揉みて紅き指先　言訳なんてずるいじゃないのと汁したたらす

山陰の旅

傷つけるも傷つけらるるも遠く離り天の雪崩のごとき白雲

大空に蝶の道鳥の道あるという　塀の外なる光の中に

きりぎしは夏草暗し暗きより仄かにあまた姥百合の咲く

きりぎしに自在の羽をひらく鳶われより低くまた高く舞う

断崖と青海原をゆききする鳶の自在よ　最も欲しき

無人灯台の丘より見えし船ひとつ霧いてやがて見えずなりたり

風紋のあとなどなけれ風のごと吾子ら砂丘を走り廻りて

砂丘《すなおか》に心裸となれる吾子顔まで砂にまみれているよ

砂丘のぼりまたひとつ降りぬ群青の海の水泡《みなわ》に指ひたすまで

無となりて朝の砂丘に腹這えばこのまま死をも受け容れ易し

砂山を朱鷺色に染めて日昇りぬ心の鉦を打ちて生くべし

ルリシジミ　　　一九八七年

土手の上《え》の秋空に映えて揺らぎいる女郎花摘みに母と来たりぬ

撫子の花弁細かに震うなり　父の太指に守られし株の

押花の新聞換えるときのままを蘇るなり秋草の野は

広き家《や》に独りの刻をもつならい前世よりの続きと思う

山茶花の咲きては散るも前の世のようなり独りの午《ひる》の前後は

シクラメンが花芽もつよと階下より夫の声のす日曜の朝

夏の日のTシャツ姿思い出す　広き胸もてり男というは

関西弁に書かれし吾子の伝言にわが風邪のこと問うてありたり

柚子の香をまといて湯浴み終えし子の頬のほてりを諸手に包む

わがために薬買わんと青き夜を出かけて遅し夫の帰りの

苦悩より歓喜へと歌えるレッスンを終えて戻りぬ星降る冬夜

歓喜《フロイデ》よ！と腹の底より歌いつつわが幸せは身近かに在りぬ

おけら火を回して戻る後姿《うしろで》の長男いたく大人びて見ゆ

日盛りの夏を鎮もりいたる鐘年のはざまに打たれつつおり

十余年うす暗がりにテント張る手相見の顔いまだも知らず

十六年目　　　　　　　　　　一九八七年

この世に　二人と思う河原町を十六年目の夫に添いゆく

春疾風に揉まるる木々が美容院の鏡に映る髪を切るとき

画集より選りたる淡きもいろを纏えるわれを夫はよろこぶ

御仏とも思いし吾子の丈伸びて熟睡《うまい》せるかな五月の朝を

産みおえし揚羽が塀を越えゆきて余白のごとしあとの静寂《しじま》は

水のみてまたたち昇る黒揚羽しなやかにわれの時空を越ゆる

野うさぎの一気に走り去るさまの生きがたき思い我のみならずも

野に一軒の家のごとくも夏の雷《らい》とどろき激ちて四囲を閉ざせり

格子戸のそと無彩色に雨激つ　野のルリシジミ逃れたりしや

獅子座われが鬱々とせる夏の午快《ひる》きまで雷鳴りわたる

万物を隔てて夏の雷激し　青桐のむこうは雨、雨、雨、雨

忘れ物したるごとくに間をおきて遠雷鳴りぬ天のはたてを

夏の終り

家中の時計狂い始めたり夏の終りの午睡のあとを

葉月尽ひときわ朱き月の出を卵抱く鳩みじろぎもせぬ

展翅する黄蝶の羽をひらく子よ「愛の挨拶」弾きし指もて

きんぽうげ咲きて乱るる春の野の遠くもあるかな英文学また

今日白露かの草々のさやげるや遠北山に風は光りて

満月よと言いしのみにて寝たる子の耳にも届け桐さやぐ音

三人児《みたりご》を養い終えし双乳のあたりに抱きぬ野菊をさわに

発ちゆきし鳩が残せる巣の日ごと荒れゆくままに秋は来にけり

勤勉に蜘蛛が糸張る午すぎを電話は長く鳴りて切れたり

林にはそらいろ茸も生え出でてわが住むまちは月夜となりぬ

八丁平へ　　　　　　　　一九八七年

遠景に比良せり上がりミズナラの黄に透く木下《こした》夫と憩えり

ミズナラの下限というも詩歌めき黄に透きとおる現も夢も

霜月の湿地高原の笹原の静寂深くにまむし眠りいん

土深く埋めし小鳥の亡骸にしみらに通らん今日の氷雨は

一九八八年

紙風船の画

頂上に深紅の蕾守る草を互みに言いて冬夜の長し

抱けばやわき四肢もつ吾子よ蝶あまた圧死させにし指《および》を持てり

如月或日紙風船を浮かべたる画布には我の夕映え激つ

受験終えし子が戻り来ぬ門先に光の束を背負いたるように

雨粒が徐々に道路を塗りつぶす緩徐調のような春までの距離

鞍馬

山の水ほとばしる鞍馬の里の家昼の静寂に立葵《あおい》は咲きて

子は面《おも》をわれは手をひたす山川に緑をわたる風たちの私語

用水路のゆたに響ける傍らを一途といえるユキノシタの花

淡淡とほたるの卵睡りおり短かき夏の夜の夢のため

木洩れ陽に時折光り木苺はとどかぬ高さに実を結びおり

青と白のチェックのフレア風にゆれラジオ体操に子は出でゆけり

少年と青年のあわい往ききする長の子のめぐり少女達の笑み

右耳に英語（香港）

右耳に英語左に中国語めくるめく旅の始まりにして

電話番号もらいて空港に別れたり幸運の女神のようなキャサリン

九龍《カオルーン》の人種のるつぼひたすらに本音で生きる人よ　胸打つ

国境の有刺鉄線を這いのぼる昼顔凜と夏をそよげり

雨上がりの中国国境《イエローゲイト》の重厚と明るさありて　人の往来

「恋人の木」に寄りゆけば十七年の二人の歳月長く短かし

広東へワン・デイ・ツアー

一つ卓の雑多な人種の各々が楽しき話題選り合いており

二年後は空港となる赤土に蟻のごと男夏を働く

茘枝の並木は夏の緑してわが行く広東遠くもあるか

フリーマーケットに人と陽射しと溢れいて肉のしたたり魚の泪

道端の茘枝摘む籠まぼろしの貴妃なべて短かしこの世のことは

見の限り水田《すいでん》続く明るさに夢も見るべし午睡の水牛

広東へひた走るバスの土けむり個の小ささをいとおしむなり

広東の新旧綾なすひしめきにわが抱く闇を揺するものあり

「富貴常臨」門に掲げて笑《えま》いする素足の女粥すすりつつ

「手垢も失意も共にふり捨てよ」晴ればれとして大陸の風

熱帯樹茂るまちより憧るる河西回廊ははるかこの北

折りかえす旅の地点に月今宵故郷に注ぎしのちを夕づく

子等に最も遠き土地より出す葉書狼煙のごとく継がれてゆけよ

国境の荒野の続く闇の中汽車は走りぬ光を曳きて

（深圳辺り）

中国の像を微かに秘むる身に見知らぬ私が育ちゆくなり

心こめて生きんと思う中国の地《つち》に立つわれ小さけれども

台湾高雄より西海岸を

地球の、この一角にパパイヤを分かつも愉し旅なかばにて

北回帰線を嘉義へと越ゆるこの夕べ他国の夕餉しるくにおえる

阿里山へ登らん朝の嘉義の町神々しくも明けてゆくかな

まのあたり貓頭鷹蝶《フクロウチョウ》の舞いゆけば熱帯の光ふいにやわらぐ

駅弁を売るべくわれを争いし山住みの主婦らの切実ぞよし

熱帯より亜寒帯へと登りつめ阿里山頂は霧吹きており

予定なき旅のひと日の逍遥に迷い入りたる山葵田すがし

日月潭のみどりの水にかげ映しツマベニチョウの速き往来

新婚の旅に見たるごと溢れ咲くブーゲンビリアを二人愛でつつ

霧社の墓夏草の中にとドライバー日本語のトーン落として語る

野薑花《イエチャホワ》の読み教われば花はホワ優しきひびき内耳を満たす

野薑花の香につつまれて思いみる　国交絶えいし日関わりいたるを

断絶の歴史ある国の民どうしバナナ選りつつ屈託もなし

クラリネット

日蔭なる屋根につもりし金の公孫樹風ふくたびに光りつつ散る
反抗期の子が吹きそめしクラリネット秋の夕べに透きて清しも
立冬の野面の雨も上がりたり全き弧を描き虹は立ちつつ
あめ色の薄羽ピンとたてしまま死にたる蜂の冬の尊厳
酒一本抱きて歩める橋の上つかず離れず月が追いくる

地盤調査

一九八九年

解体せん家にしみつくこもごもは秘めて地盤調査に立ち合う

昔人が粋を込めたる床《とこ》、柱毀さんとしてこの春切な

この桜伐る伐らぬかはふれずいて測量士らは庭に踏み込む

新緑に交りてふぶきいし桜幾春かけて老いてきたるや

「故郷を忘れてやせぬか」と師の便り遺筆となりて引出しにあり

柚子の里、水尾へ

里近きと導くごとき一本の柚子が秋陽を返す　ぬくとし

柚子の里は深山にひそと華やげりどの木も黄色い実を太らせて

陽だまりに柚子摘む人は見えねども鋏の音が秋の気を打つ

柚子の木に掛かる梯子の危うさをしばし見ており谷の底より

石地蔵に供えられたる柚子一顆昼なお暗き谷に灯れり

自転車にて

自転車を駈りて奈良坂越えくれば東大寺らし霧にかすむは

力こめて鐘ひとつ打つ岩船寺四十五の秋悔なくあらんと

現世の喧騒を離り燃ゆるごとき紅葉に染まりぬ浄瑠璃寺の秋

錦秋の明るさ離《か》りて拝みたり仄暗き堂の吉祥天女

幸運の女神と言えり　九体寺に拝めば拙しわが日常の

時雨れても干し物入れぬ智恵つきて京の師走を幾度重ねし

鴨川の真北に懸る大虹を消ゆるまで見ぬ君も見ていよ

冬夜地図をひろげて愉し自転車で春の琵琶湖を一周せんと

写　真

三人児を抱き寄せ笑まう写真の夫若くてあれば涙湧きくる

部屋に飾る家族の、夫の、子の写真語るがごとく輝く日あり

昨夜《きぞ》荒れし子を朝呼べば晴れやかに笑みぬ少しく恥じらい見せて

休日に家居の吾子がわがそばにひねもす本を読める楽しき

雪の朝庭木に刺しし蜜柑に来て蜜吸う鳥を夫は楽しむ

記念日の卓に華やぐスイートピィ子は丹念にスケッチしおり

バラ

冬薔薇切り詰められてすがすがし苦き屈辱捨てんとする日を

傷つきし子細も書きて送らねば通じぬ距離を愛してはおり

桃色の口細チューリップ咲きそろい傷口痛し獅子座のわれは

薔薇の芽立ち楽しくあれば幾日か話題となりて挨拶かわす

わが家の薔薇伸びアーチとなれるさま見知らぬ人も見上げてはゆく

南紀春景　　一九九二年

隧道の外に眩しき桜一桜吹雪かんとして耐えているらし
空《くう》に懸る谷瀬のつり橋揺れにつつ天涯孤独のごとき足首
通学路ときけば谷瀬のつり橋を往きかえる子らの日々幸くあれ
雨、雨、雨、雨の南紀を旅ゆけり断崖までも桜咲くなか
はらはらと散るがままなる桜ばな有田の湯殿に浸りいる間も
束の間を雨はあがりて石階《いしきだ》にはりつく桜の桜色はや
（紀三井寺）
門前の町に商う人の声寄らば大樹と屈託もなし

夫とゆく二人の旅も終らんと雨の店先三宝柑選る

霧はれて桃源郷と呼ばん村の山肌おおう白桃の花

祈る言葉知らざるままに見《まみ》えたり千手千眼観世音菩薩（粉河寺）

琵琶湖周遊

義父母《ちちはは》の在所の山が対岸にながく見えおり明日は訪ねん（湖西）

小鮎漁る男一人は網ひろげ一人は追い込む逝く春の琵琶湖

若葉萌ゆる海津大崎入江深し深き青色抱きて旅ゆく

春の光に魞《えり》は遠近霧らいつつその鎮もりと惨さ抱く湖《うみ》

八重桜残るも今は吹雪きつつ小雨となりし湖北に休む

余呉の湖指して来たりぬ霧と雨分かたぬ中のひそやかな水面

道きくも応えくるるも伝説の村と思えば物語めく

余呉湖なる衣掛柳《ころもかけやなぎ》も妻われも古りぬべし樹下に碑文よみつつ

かの枝に衣掛けてと言わねども二人の湯浴み夜の底《そこい》に

霧雨か月夜か知れず人語なき余呉の夜夫の腕に眠りぬ

つややかな黄の花満つる岸辺ありて余呉湖に遅き春の華やぎ

余呉の湖いつかどこかで見しような稲架《とうか》枯れ草寄り添う木立

ひた寄する岸辺の水よ人生の半ばか末か見えぬ心地よさ

（湖東）

蛙啼く田中に地図をひろげおり巡る琵琶湖のあまりに広し

人間は考える葦と貼紙あり「湖国定食」待つ店の裡

子はひと日我らは二日かけてゆきし琵琶湖周遊の自転車を拭く

花明りする金木犀　　一九九〇－一九九三年

暗ぐらと深き蟬穴のぞきつつ我がもつ闇はみずおちあたり

水鳥の半ば沈みて交われる恍惚の目を思うたまさか

いつ知れず渇きいし心に染み透るしろさるすべりのきらきらの風

宇宙より講義の届きくる今宵小さき我が家統べ難くいて

男とは他愛もなけれ秋の空に鯛一枚を釣りて満つらし

幸せも過失もともに身にもちて花明りする木犀に寄りぬ

何事もなき朝夕の窓あけて金木犀の香を満たす部屋

地下鉄で十分の距離コスモスの田中に濯ぐ日にちのこと

燃ゆるものまだあるこの身北嵯峨の柿の紅葉を山苞とせん

卒業のころ

明け方に吾子の灯を消す気配してあとしばらくはわれも睡らん

子の思うままにさせんと見守れり我が叶わざりし夢を追うらし

長き髪まとめ上げたる卒業の後姿《うしろで》耳朶ばかり紅く目立てり

着んとして着ざりし晴着たたむなり大雨となりし卒業式の夜

夕陽野に膝痛む母が話しいて笑い声のみ時にきこゆる

蓬摘みしわれに合わせて餅を搗くかく嫋やかに育てたまいし

海峡のまちに求めし小女子を煮つつ短しふる里の夜

父と母静かに住まう野の家に肥後椿のあでやかな紅

ビルの谷に紛れてあるも我は我ふる里の風を胸に仕舞いて

子の入院

外出の子より届きし花束に母の日の部屋光を増しぬ

咲き満ちるバラの黄色よ今一番幸せと思い幾年も過ぐ

急患の吾子の入院の品求め雨の町なか心は急きぬ

入院の品まとめ終え咲き満ちる窓辺のバラに鋏を入れぬ

とうげ越えし病の吾子を包むごと真白きタオルで夕べ拭いぬ

吸いだこの残れる指も清拭《ふき》につつこの子を抱きてやりなおしたき

山百合をさわに抱えしこのかいな六月の谷を思い出すらし

茶をたてて独り辞儀してのむ午後のますます渇くのんどあたりが

育てきしものみな巣立つ気配して六月の雨に籠もれりわれは

月も星も長く見ぬ目に野萱草の朱鮮やかに夏を告げくる

電話しても母居ぬことの悲しかり長き入院始まるこの日は

日常の仕事こなすと笑む父の背に淋しさの滲むたまさか

おのがじし養いがたき日々に子は四十五針の傷を負いたり

綿布団のようなる月が出ていたと友の言葉が今年の月見

Ⅱ

一九九九年一月、母の入院を境に旧仮名とし、
一九九四年九月〜一九九八年五月までを第一歌集『銀色の川』として上梓。

氷室

一九九八年

はつ秋の氷室へ京見峠こえてゆけどゆけどもまだ遠い村

秋空へつきぬけてゐる杉いくつまつしろい雲を従へながら

道教へる男の声のみ響きたり　氷室の秋の森閑の空

氷室跡と見ゆる窪みの縁《ふち》にして昔ながらの竜胆の花

花の名を問へば林檎とのみ応ふ　氷室の里の人の朴訥

人の手のふれぬ赤麻が揺れてゐておいでのやうなさよならのやうな

菊紋と透し扉の内側にただ冷えびえと闇は満ちをり

本当に八戸《はちこ》つきりの氷室の里からあるといふべく鶏頭の咲く

プラハの浮世絵　一九九八年頃

赤レンガの美術館プラハの浮世絵をあまた蔵ひて夕陽にそまる

かつて兵器の格納庫たりし美術館ライトアップに夕べ装ふ

すでにして夕闇抱く大楠の枝のまにまに白鷺城見ゆ

縦横の径もつ森よ忘れゐしものらやさしく我を包めり

取水塔今に変はらぬ多摩湖なり二十二《にじふに》歳の吾子伴ひ来たり

（東村山市へ）

子に見せむ武蔵大和の駅は古り住みにし家は建ち替はりたり

新薬師寺にて　　二〇〇一年

「美徳は貴き香のごとし」わが守護神の言葉かみしむ
〈伐折羅《バサラ》大将〈戌〉の言葉〉

幸なるかなまみの穏しき守護神の視界に佇てる年の初めは
＊他に安底羅《アンテラ》大将〈申〉の言葉に
「求めて得た愛はよし
求めずして得た愛はさらによし」

せきれいの声

朝あさの澄み透る声をせきれいと識るまでの炎暑のちの青空

三つ指をつきて見上ぐる「滝直下三千丈」の墨跡の涼

短歌へと戻らむこころ藍しぼりのやはらかきゆたかの襟正しつつ

こちらからもう降りませうといくつもの花火の咲くを並び見をれど

くじ運も器量も悪しきもとよりと夏の終りの花火見てゐつ

ニューヨーク'01・9・11

崩壊ののちの心の騒立つを　野には秋草空に月かげ

あかねさす日を夜に継げる〈聖戦〉は見えつつ見えず瑠璃色の空

anthrax《炭素菌》といふ語を覚える日常に壊されてゆくやはらかな細胞

陸《くが》も空も海もほろびの色の秋　飲食《おんじき》もまた聖戦として

コンソメも牛肉も捨てさて魚《いを》にも心安らふといふにもあらず

陰と陽に揺るる食肉これの世を陰陽師安倍晴明はやる

コスモスの供へられたる地蔵さま秋の光ははかなゆれつつ

ふつつりと途絶えし朝の鳩の声ぽほが残りて不安定な庭

声

富小路禎子その身を絞りにし声は甦《かへ》りく夕ぐれの色と

贈りませうと約されしまま届かざる〈不穏の花〉のばらりと散りぬ

一度きり聞きし声なれ　彼我を結ぶ絹糸のごときを手繰りて暗し

暗きより声はかすれて繋がりし奇蹟のごときを思ふほかなく

鳥柱立ち昇るころか茶の席は薄茶となりて和み増しゆく

娶りののちの

子が借りゐしガレージ空きて一、二週娶りののちの淋しさきざす

八六《「ハロー!」》八一《「ハイ!」》と覚えしナンバー藍深き色に駆くらむ新居のまちを

三月の庭木に鵯来て鳴くは春の別れか窓越しに聴く

キュロキュロと鵯鳴く声透りきて春の部屋ぬち明るくなりぬ

朝光《あさかげ》にいそぎ描きたる庭桜　さよならのごと午後には吹雪く

黒松に宿りしさくらのいのちなり枯死せし黒松またいのちなり

（御苑学習院跡の桜松）

ガレージの閉まる音して入り来《こ》ぬ夫は薔薇の芽見てゐるらしき

西行の休みし二十五丁橋木の間がくれに花菖蒲咲く

（熱田神宮にて）
草薙神剣《くさなぎのみつるぎ》ひとふりしまはれて熱田の杜は厚く濃く深し

上げ潮の中に時折光るもの飛魚《とび》かと問へば鯔《ぼら》と応ふる

夕顔

末摘花の吾《あ》が育てゐる夕がほのいつの間にやら背丈をこえて

帰宅せしわが目を奪ふ夕がほの一番花の張りつめし白

開きすぐ雷に打たるるユフガホは〈夕顔〉ならむ夏のおどろや

今ひらかむ夕がほの蕾の放つ香の午後の狭庭をぬりつぶしたる

運命共同体　　　　　　　　　二〇〇二年

ひつたりと結べる手と手今まてよりこれからが濃し運命共同体

（日吉大社にて）

飽きるなく桜をもみぢを尋めゆきしかの頃の〈幸〉は幼かりしよ

晩秋のロードパークの星月夜二人の旅に楽《がく》のごと降る

劫初より思へば瞬時のいのちなれその束の間も生き喘《あへ》ぎつつ

父の愚直、母の荒廃を傍らに二〇〇二年の秋の空隙

聖護院蕪の重きを切り分けぬ霜月の白を食べさせむとして

伯楽町、西ノ京円町、太子道父が日毎に訊くバス停の名前

魚の目をかばひ歩ける身にやさし時雨にぬれていちやう敷く道

時といふ絶対に媚びて春告ぐるヒマラヤユキノシタ母が植ゑにき

たまゆらの時の費えも惜しみつつ川辺の翡翠けふも見にゆく

大徳寺瑞峯院余慶庵にて——楠部敦子様の茶会　二〇〇三年

濡れ縁の足裏《あうら》に鳴けるうぐひすに建て替へ前の家懐しむ

餘慶餘殃いづれ漂ふ身めぐりや薄茶一服すすれる刻を

十八年ぶりに阪神優勝して最晩年の父輝かす

上昇気流に乗れぬひと日をふつふつと豆を煮てをり錯誤煮てをり

半ば水漬き半ば倒れて菜花咲く夕べの雨を流す鴨川

秋の埃拭きつつ想ふツインビルがまだ在りしころのニューヨーク

のこり福のやうな小春日窓あけて今年の埃を払ふひねもす

二〇〇四年

月の点前

海外へゆくしなやかな日本人女性に幾度も教ふ月の点前を

（茶箱）

横浜へ

雲海をぬきて不動の不二の山黎明の空に黒々とあり

家族が皆ひとつでありしころのこと富士山頂にそろひ立ちにき

地下深き〈みなとみらい線〉出でてきて光と緑の町の眩しさ

会果てて夜《よ》を繰り出せば臨港の街はあまねく光をまとふ

港湾のエリアが光を放つ中なほ鮮やかに花火あがれり

（開港一五〇年）

蝶

数日を庭辺に舞ひゐし立羽蝶翅をたたみて日中《ひなか》に死しをり

「今日は蝶を見ないね」と夫わたくしは「さうね」と応へて死は思はざりき

色褪せず秋の日向に死せる蝶いのちの日々を我らに見する

怡々《いい》として庭に遊びし蝶の死の嵩なく秋はどこまでも澄む

軽すぎもなく重くもなく立羽蝶のむくろありけり日の射すところ

乙女の祈り　　　　　　　　　　二〇〇五年

ピアニストの指をこぼるる〈乙女の祈り〉作者不詳と識ればまたよし

おるごーるをわれに与へし若き父〈乙女の祈り〉いくたび聞きし

古りし捻子まけばおるごーる鳴り出でむぼろぼろとなりし乙女の祈り

親を越えしことなきわれが夕やけを小やけとなるまで窓に見てゐつ

滅びたる乙女の祈りここにゐて流離の思ひ湧く昼最中

かく美《は》しき〈乙女の祈り〉久に聴きぬ奏者はぴんくの衣裳に埋もれ

ハミングに〈乙女の祈り〉歌へれど乙女はゐない何年も前から

窓の辺に置きゐし白きおるごーる〈乙女の祈り〉はこはれてしまへり

蓮見

八月二日まで植物園は蓮と朝顔観賞のため六時半開園

宇宙船《ディスカバリー》めぐれる空を映しつつ蓮沼とろり時は止まれる

くれなゐの、真白の蓮を咲かせつつ空の奥処を宿す沼の面

白蓮《しらはす》は閉づる力を失ふも若実衛りて朝陽に咲ける

蓮の葉のゆるるにまかせ休みゐる御歯黒蜻蛉は目を閉ぢてゐむ

偕　老

二〇〇六年

結婚の宴に疲れし足裏にまづ口付けし人を愛しむ

五十代最後の除夜と年明けのまどろみの中の偕老同穴

やうやくに偕老同穴めでたかり華燭の典より忘れゐし言《こと》

春の小嵐

乗り継ぎの駅にし佇てば雪もよふ春の小嵐晴着をぬらす

がむしやらに学びし吾子の日月を支へし自負を風花に冷やす

子は研修、夫は飲み会の一人居にしたかりしは何あやふやの夜

娶りまた嫁ぎてうからの変はる家樫の実落つる音の深しも

おそれずに三人児得し幸尊かり少子化の世の寒き夕映

琅玕洞くぐれば

かねて案内したかったアサヒビール大山崎山荘美術館へ。十周年記念の展示だけでなく重厚な室内調度に酔った。しぶしぶだった夫は二階のロビーでビールにご満悦。

琅玕洞くぐれば不思議の国のごとチューダ様式の美術館あり

新緑の山のなだりを桐咲けりそこのみ緩く時の流るる

壁にかかる蘭花譜あまたに導かれ至りし部屋に繚乱の蘭

注ぎあへるプレミアビールのうまきこと新緑わたる風のベランダ

天王山のふもと三川《さんせん》寄り合ふは見えずわれら三姉妹のごと

胸合はす鳩の意匠の角灯《ランタン》のゆらめき灯る宙吊りのまま

夕かげは疾く迫りつつ琅玕洞くぐりて世間並みの町に戻りぬ

山遊

久しぶりに貴船の谷へ入りさらに芹生へ。引き返すにも細い道なので鞍馬へ出ようと進むが行き止まり。九輪草が緑の絨毯をそこここにひろげていた。旧花背峠の標を鞍馬の方へとると太い丸太を積んだトラック。でもそこは又、行き止まりだった。

新緑の貴船を越えて尋めゆかむ何を見むとも分かたぬままに

峠にはヒカゲノカヅラ茂りをり日陰蔓は日向を好む

離合かたき山道たれにも遇はぬ幸されど会ひたし心細さに

芹生峠よりふりむけば濃紺の比叡はるかに迫り上がりをり

市中より遅き桜にまたも邂ふ芹生の人家とぎるるあたり

山深み清水せせらぐ川の辺に絨毯のごと九輪草咲く

見せむとて咲くにはあらじ九輪草の深山を飾る時の短かさ

杣の道行き止まり引き返す幾度をただしんしんと山の音する

パズル解きし思ひに山を出でてより花背・鞍馬は明るきばかり

落　葉

二〇〇七年

飛ぶこともなくきりきりと舞ひ落ちて落葉は落葉の中へ溶けこむ

午後の陽が野に山に径にしみるやう花背はしづけき秋のはなやぎ

静原に採りたる真赤き冬いちご野の色そめてジャムに煮つめぬ

紅葉を人生の秋とたとへつつ今年のもみぢに世の坂下る

「恋ひぬる」と読めて淹れたるKOHINOOR英国王室御用達とか

植物園にて　二〇〇八年

ケータイの電源切りて秋桜の揺るるがままに溶けてしばらく

盆栽展いちばん好きな番号を書けと言はれて二廻りせり

ローズマリー、ミント、バジルと触れし手のごちやごちやの匂ひごちやごちやの頭

ぼんぼんの色愛らしき千日紅こぼれさうなる種子頂戴す

鍔深くかぶりなほして帰らむか秋の風ふく川沿ひの径

逆光の水面にひとむら鴨眠るいつしらず冬に近き身めぐり

ごほうびのやうに誕生二日目の妹を抱く孫の目かがやく

春某日――達也君、愛犬ヘレンと共に来訪　二〇〇九年

「よかつた、お元気さうで」言外に妹の死を気遣ひくるる

青年がふるさとのやうに訪ね来て試験休みの明るくなりぬ

訪ねくるる汝がためいつもここにゐて座布団のやうなわれであらねば

青年と少年の間《あひ》のはにかみも持ち合はせをり犬抱く達也

ファインダーの向かうに笑まふ青年の未来見る目としなやかな肩

まつすぐにほほゑみ返す青年の眸《め》をじつと見てシャッターをきる

逝きしその母にあげたし青年のけがれなき目と柔和なる笑み

神の森にひひな流さるるころほひか氷雨は雪となりて降りつつ

雛の日に桃の一枝もなく暮れぬ　冬にも春にも遅れてばかり

雛の宵の小鍋に貝はひらけども父母も三人《みたり》の子も離れ住む

Le Vent Clair

友人お気に入りの喫茶店でアンティークオルゴールを聴く。帰りは途中で車を降ろしてもらい鴨川沿いに歩いて。

喫茶店Le Vent Clair《ルバンクレール》に語らひて友の元気を少しづつ受く

一八八〇年代のオルゴール短き十《とを》の曲楽します

風簫《ふうせう》は小さき棘をきらめかせ遠き世の夢呼び起すかな

Le Vent Clair は「透明な風」水色のカップを選び紅茶いただく

東山はあはむらさきに夕ぐれて桜の霞見れどあかぬも

ひとところ夕陽に染まる桜なり影となりたる下枝《しづえ》に仰ぐ

対岸にまだ陽の残る桜道わがゆく右岸は翳りましゆく
見たき桜ほぼ見尽くしし京の町わが残生のほどは知らねど

業平忌

黄花菖蒲に声明《しやうみやう》ひびける十輪寺　小塩は雨にけぶらへる中
十輪寺より灰方への道すがら潮汲みの碑の雨にぬれ立つ
敢へてバスを見送り小雨の中ゆけば「業平朝臣志保汲之地古跡」
あと三時間バスの通らぬ小塩径クロネコヤマトの車走れり
かきつばた藍むらさきの色紙しまふ業平忌すぎて風の青む日

写メールに花の名問ひくる吾子はいま良き人のサッカー待ちてゐる刻

さくら

中洲より湧くうぐひすの声清ら背割桜を夫よろこべり

根尾谷の薄墨桜の渾身を疲れたる日の遠景におく

花塚に桜の枝はかからねど白川の水音ひびく橋の上

何ごともなかつたやうに春は来ぬ妹逝きて二度目の桜

白峯神宮にて　二〇一〇年

桜に雪、そして満月。今春はまさに雪月華が束になってやって来た。上京区白峯神宮には淡いピンクと黄をまぜたような桜、黄桜が咲く。夕日の中にゆれている黄桜を今年最後の桜と眺めた。

雲の上の望月たまさか光《かげ》もれて桜に射せり雪もよふ春

蜜を吸ふ鳩と吸はせる桜花白峯神宮に盈つる静寂

香をもらすころ来いと言ふか含笑花《がんしふげ》つぼみは小指の爪の大きさ

抱へきれぬくさぐさ零さぬやうに行くふりむけば桜どつと吹雪く日

幸せに不意に「不」のつくことのあり甘いケーキで戻れるほどの

繰り返し人身事故の発生を告ぐる電車　うららの弥生

柳萌え花咲く三月　三月は命絶つ人最多といへり
弔ひとも警告とも汽笛鳴らし減速のまま事故駅を過ぐ

妻籠へ

峠路の子安観音拝みたり遠住む娘の日々安かれと
疲れたる声に応へし吾子のこと旅のさなかも蘇るなり
現役の水車くるくる回りをり木は朽ちつつも苔を生やして
小《ち》さきものは想ふほどには弱からず燦々としてユキノシタの花
「生きてゐる間は思ひつきり生きよ」教道和尚の目力は顕つ

「楽不可極《たのしみはきはむべからず》」色紙にて教道和尚は諭したまへり

雲

真如堂の空に散りぼふ夏の雲ものの形を成さず漂ふ

夏雲も秋天瑠璃の明るさもサングラスの向からにくすみて逝きぬ

一日の仕事をメモに記しをく急がねば清澄の秋は駈足

小惑星イトカハの暗き宇宙より「はやぶさ」還れば街に見にゆく

（京都大学総合博物館にて二首）

六十億キロの旅を成し終へし「はやぶさ」の部品をとり囲み視る

摩擦熱に焼けたる跡を思ひつつぼんやり星を眺める二月

東山トレイル　　二〇一一年

四十年共に生きこし眼下《がんか》の街今日あはあはと二月の雪降る（『灯りをさがす』所収）

来し方を四福《しふく》、未来を三福《みふく》とし七福思案の六十歳《ろくじふ》半ば

坂下は「七福思案処」とふしばし停まりて行く方按ずる

ここで人に会はねば道を違ふべし七叉路「七福思案処」は

ふくろふのキーホルダーの出できたり誰が祈りや不苦労・福朗

鳩

死者・不明者百人にのぼる豪雨にも庭の松高く鳩はこもれる

目の合ひて身じろぎもせぬ母鳩の度胸のよさに礼を尽さむ

九月二十六日　子鳩巣より落ちて死にており

るりいろの空も花野も知らぬ子鳩秋海棠の根方に死せり

暴風雨さかまく夜も声たてずしのぎし子鳩けなげなりしを

不条理をのみて背と首のばしゐる母鳩鳴かず子を探しをり

餌《ゑ》運べる母鳩に甘ゆる声のこる庭松あたり索莫と秋

華岳展　二〇一二年

嫁ぐまでは関西弁に交はしたるメールよ今は「です」「ます」つけて

ワシントンDCの桜伝へゐるラジオチャンネル替へるか夫は

黒牡丹の花弁のいくひら幾ひらの重なりの奥　芯の甘美よ
（祇園何必館）

日常は汚れやすしも鶏肝を買ひて戻れり華岳展出でて

転びてもただでは起きぬ若き日の智力尽きしかこの託ち顔

この先の道茫茫と見えざればあと十年と思ふは過信

半眼に坐禅組めるは聖き刻はた過ぎゆきに乱さるる刻

（秋葉山東景寺の座禅会二首）

警策を望みて胸に手を合はす　手かげんならむ体験なれば

仙翁

藺草田に藺草すんすん立てる田の湿潤になほも雨降り注ぐ

（岡山）

「和服を着たベルギーの少女」の出迎へに雨を忘れて館をめぐれり

（大原美術館・児島虎次郎絵）

腐葉土の上に芽生えし仙翁の二株となる一年を経て

いつ知らず付きたる穢れをすすぐとぞ御手洗《みたらし》祭の水の冷たさ

灯明の火を消さぬやう御手洗の池渡るときスカート濡れて

（下鴨神社二首）

送り火に死者を送りて隙間ある八月の空百日紅燃ゆ

月見には須磨に来よとぞ言ひし人茶道の入り口示しくれにき

（牛村和子さま）

小赤壁

昼どきを小赤壁の荒磯に遊べり二人子供にかへりて

貝採るは初めてといへる夫とゐて磯の香波の音若やぐこころ

荒磯に採りたる浅蜊にさし込める鉄包丁が静かに光る

霜月抄

雨粒の形道路に見えにつつ止むか止まぬか神楽坂急ぐ

お十夜の鉦身の芯に響きくる堂にて時雨過ぐるを待たむ

真如堂の深き庇の下も濡れ本降り足止め傘なきわれは

五十年ぶりの同窓会いかに　車窓の六甲霧ははれつつ

寒菊の乱れなだれて咲くところ薄陽は射して雨上がりたり

顔と名前一致せぬまま五十年の空白写せり記念写真は

笙の音の〈太平楽〉に迎へられ霜月華展を二めぐりせり

朗朗と灯れる冬の望の月　家まで数歩の足止《とど》めさす

水槽の底に眠れる琉金のドアをあければ鰭より動く

失速と悲傷の辰年母の亡きのちを掻き分けかきわけ歩みつ

紅玉の中でも紅きを選びたりいのちは紅き玉と称へて

間違ひ電話かかりきたるを潮として紅玉ジャムを作らむと立つ

ひとところ焦げ癖ある鍋なだめつつ紅きジャム煮る木枯しの昼

越前へ

越前へと霙るる道をバスにゆく旅にてあれば霙うつくし

幾条のヤコブの梯子の見ゆる下敦賀の暗き海の騒立つ

そばの里の蕎麦の歯ごたへ蕎麦搔きの甘きかをりよ二人の旅に

「ユキ注意・アラレ注意」の電光板ゆきずりなれば楽しみて見ぬ

紙漉きて出来映え自慢のおのおのが笑みの中にも自己をゆづらず

冬の植物園

楓の葉のあかきを尋めて父母《ふも》と来しかの日の輝き　散り果ての近し

花壇いくつ掘り起こされし植物園冬には冬の輝きのあり

噴水は夏と変はらず噴きをれどもう歩けない父の面影

夕ぐれて鳴き騒ぎゐし鳥あまた楠の樹冠に鎮まらむとす

沼杉の細かき枯葉の敷く小径冬陽も共に踏みしめてゆく

冬枯るる園の一角ブロンズの裸婦の夕陽に輝き始む

温室のガラスのドーム冬枯れの園に緑を包みてほめく

極月の

天空をこぼるる雪も花も月も逝きにし母のことづてと受く

晴天のよき日の納骨白布に包まれそつと母降ろさるる

極月の此岸の水際たゆたへる父のため泣けり喪服出しつつ

母の骨布に包みしこの手もて今際の父の背と頬を撫づ

われを世に生れしめし父、父の男《を》の清められゆく夕べかなしも

夕日背に畑に座りて芋掘りて笑まひし父が本当の父

九十七歳二ヶ月に二日足らぬ　父の齢を数へてみれば

「旅するは今のうちだよ」と死の床に言ひにし父の煙の昇る

泣くないやいつぱい泣けと父の死に夫もともども狼狽へてゐる

父母《ふも》のなきこの頼りなさ望月が冬空越えて輝きをれど

黒豆を炊き方通りに炊きてをり生あるものは生きねばならず

二〇一三年

彦根へ

一月十日

ひろびろと冬田の見えておぼつかな途中下車せむ近江八幡

雪被くごと咲き咲ける柊は今日の吉き事こころ立たしむ

ヴォーリスの像へは寄らず急ぎゆく彦根をめざす途中下車の町

もてなしし時代《とき》しのばせて朝鮮人街道の碑ににじむうすら陽

八幡堀の真冬の水面にひつたりと逆さ白壁　白の輝く

どの店も千五百円の値札つけ雪かき売らる　今日は晴天

吉祥紋の武具・茶具見むと吹雪くなか彦根の城を目指し来たりぬ

湖東焼の急須・紅入《べにいれ》・ワインボトル　ワインボトルに誰を偲ばむ

低き山の間を縫ひて鉄路見ゆ谷の奥処に佳き里あらむ

耕地整理の田畑過ぎれる川いくつ曲りてをれば心安らふ

耕地整理されたる広き近江野に袂分かちし人は住まへる

「早かつたね」と迎へてくるる夫のこと口にはせねど感謝してます

＊一月二十一日『灯りをさがす』上梓（一九九八年八月〜二〇一二年三月の作品）

ビニール傘

傘立にのこれるビニール傘あまた立春の雨たちまち止みて

砥堀《とほり》とふるさとの消印に運ばれし友の便りを春の陽に置く

郵便物出して出づれば駅前のタワーの空に月は夕づく

わが家へと路地まがるとき月光は「おかへり」と言ふごと明るさを増す

外にてはお袋、母と言ふならむ家にておかんと呼ばふ息子は

（題詠・袋二首）

庭もみぢ散りて鳥の巣現れぬ小さき袋は目白のふるさと

3・9・7・5吾子誕生時の体重ゆゑ数字の羅列も一生忘れぬ

雪の日は

雪の日は金閣寺《きんかく》と決めて出で来たり今更ながらカメラを持ちて

鏡湖池にそそげる陽射しに虹生《あ》れて旅の人らと束の間を見つ

あな重し母の忌、父の死、孫誕生、歌集上梓と続きし三月《みつき》

母逝きて咲かざりし花父逝きて咲くまつしろのクリスマスローズ

白き大蛇吉兆とみて目に追ふを夢は覚めたり春のあけぼの

星のなき夜空に映ゆる辛夷の白　木屋町二条の街灯の中

黄金の茶室

駅道のはたてに見ゆる桃山城雨にぬれつつ茶室見にゆく
桃山の城に黄金《きがね》の茶室見ぬわざわざ行きて視たることよし
金ピカと蔑さるる茶室　城中におかれひときは上品さ見す

大王崎

天空の高速道路と思ふまで湧きくる霧は現をかくす
「出口雨」の表示あかあか灯りをり長きながき隧道の中
幾度も子が通ひたる道にして海桐花《とべら》は太き幹に茂れる

土地人が道沿ひに植ゑたる黄水仙春の残酷癒やすゆるらに

すき焼の方法論がとび出せり肉と砂糖と醬油を前に

じんはりと涙にじませ子は去りぬ色新しき花をかかげて

「幸せに」たつたこれだけが言へざりき桜の下のさよならのとき

砕けやまぬ大王崎の荒磯波尖端なることつね痛々し

姫路市総社三ッ山大祭へ

生涯に一度はとゆくふるさとの二十年ごとの三ッ山大祭

新装のなりつつなほも未完なる駅前広場を地下に降りゆく

安徳の御代に成りにし総社なり稲荷、戸隠、神明、琴平

ふる里の御幸《みゆき》通のにぎはひを知人に遇ふなく駅へ戻りぬ

湖西線経由敦賀へゆく電車帰途さへ旅の心地に揺らる

瀬戸内海《せとうち》へ下れる道に桜植ゑし昔の人の心見る春

駅名の〈さくら夙川〉通過せりさくらの季に降りることなく

遠見ゆる背割桜の春おぼろ三川《さんせん》寄り合ふことも朧に

三川は三姉妹のやうと詠みたるを妹逝きて五年《いつとせ》近し

N邸観桜

儚さを撮りおくやうな桜《はな》の前友は九歳年長にして

花好きの夫と花好きのわが友と語らひやまず緋毛氈のそば

大覚寺の多宝塔見ゆるキッチンが何と言つても友のご自慢

名古曾の滝隔つる真竹あをあをと撓ひて鳴りて春を荒ぶる

シルバーの川柳に笑ひころげたりおほかたの句は身に覚えありて

夢の途中

道端のすきま隙間に咲くすみれうす紫の夕べとなりぬ

晩成とふ言葉をくれし父思ひ六十代《ろくじふ》半ばを励まむは幸

谷こえて吹雪きてきたる山桜春の名残の明るき山路

（大文字山にて三首）

三葉つつじ明るき山みち幼らと来し日々のこと語りつつゆく

手帳にそと挟めるミツバツツジその淡紫は夢の途中の

ギター、ピアノ、バイオリンの音《ね》満ち満ちしときありこの家《や》に皆若かりき

笑ふ、泣く時には静かに本よみてこの家に力溢れてゐたり

朝な夕な茶を点て夫と喫める幸はや十余年の時重ねたり

藤の花忌

四月二十八日（日）湖南市生田病院へ

山間せまき逢坂山を越えてゆく久しく逢はぬ義母を思ひて

豊かなる胸を誇りし義母なりき白き肌の平らとなりて

眠りつつも夫には応へし義母のすがた目裏にありて四月うつくし

心ならず逢へざる日日を重ねしが今際のははの手を取り呼ばふ

藤娘の箸箱愛用せし義母の逝きし日藤は花盛りにて

兵火あび一五七一《以後ない》年と覚えし野田藤の地擦りの様よ若き日に見き

（一五七一年は信長による焼討の年）

義母の忌を藤の花忌と名付けなむ花ふさ長き野田藤の揺れ

五月の山辺——五月五日、相続の件で姫路へ

黒々と聳ゆる安田の大杉の注連の紙垂《かみしで》霧に濡れつつ

霧の中に藤現れて桐咲きて五月の山辺は紫にほふ

深き霧にこもれる村の山吹のさゆらぎてゐつ標のやうに

篠山に五月の桜のこりをり優しき心さし出だすごと

山陰《やまかげ》の小さき沼のあたりより霧はれゆける穏しさにあり

遅春の水をふふめる青き空　いいことあらむこれから先も

夕陽うけて山ふくらめる五月なり確かに山は笑ひてゐたり

隠れ谷、通り谷、松露谷の名を懐しみゆく古法華《ふるぼっけ》の谷

治山事業なりて淀める川水に河鯥《かはむつ》影より淡きその色

信長忌——六月二日、京都寺町蓮臺山阿弥陀寺にて

われに何の縁か知らず信長忌の寺訪ね来ぬ茶会のあとを

桜の実黒きが落ちゐる阿弥陀寺《じ》に信長の墓、蕉翁の句碑

つつじ赤く華やげる径の奥にして西日の中に信長の墓

供物なるワイン LA BIEN España 信長の墓に誇らかに置かる

かたはらに森蘭丸の墓のあり石となりても主に従ひ

本能寺に討死の衆の位牌あり百十四人の名前小さく

三島駅にて――六月十七、十八日

三島駅の前の緑陰の湧水にまづ手をひたすこんにちはと言ひて

神馬舎の神馬は黒馬　健脚を祈りて深く頭を垂れぬ

宝永の噴火の溶岩とどめゐる緑陰の水辺を風と過ぎりぬ

千二百年生き永らふる金木犀香りは遠く駅に及ぶと

沈《しづ》きつつ湧きやまぬ水の白しぶき円相となりて水面飾るも

桜川水藻ゆらせて流るるをやがて暗渠にと標は示す

ゆたかなる水の廻れる町にして三島の朝は靄に包まる

数十年の歳月かけて湧く水と聞けば畏《かしこ》し　富士様と呼ばむ

桜川沿いの文学碑

大岡信《まこと》＝地表面の七割は水、人体の七割も水、われわれの最も深い感情も水が感じ、水が考えているに違いない。
宗祇＝すむ水の清きをうつす我が心『連歌百韻千句集』東常縁から「古今伝授」を受けたとき詠んだ句。
正岡子規＝面白やどの橋からも秋の不二
若山牧水＝「箱根と富士」三島の町に入れば小川に菜を洗ふ女のさまもややなまめきて見ゆ
司馬遼太郎＝「裾野の水　三島一泊二日の記」
十辺舎一九＝『東海道中膝栗毛』
太宰治＝『老《アルト》ハイデルベルヒ』（S・15）「清冽の流のそこには水藻が青々と生えて居て～」
穂積忠＝「町なかに富士の地下水湧きわきて冬あたたかにこむる水靄」（S・30）歌集『叢《くさむら》』
窪田空穂＝「水底にしづく圓葉の青き藻を差し射る光のさやかに照らす」（S・28）歌集『卓上の灯』

柿田川源流を訪ねて

柿田川源流域へと誘はれ涼風みちゐる木蔭道ゆく

柿田川へ降りゆく道の木洩れ日の中ひんやりと風につつまる

目を心を醒ますまで清し柿田川のここが源流さはさはと緑

湧水は砂を噴き上げ噴き上げて生きよ生きよと力くれたり

水中の湧水域を世界とし魚は泳げり時などなきがに

工場の井戸枠そのまま住処とし湧水域の魚《うを》達の輪舞

木道の下の清水にゆられゐる種々のみどりは光をまとふ

木洩れ日の光の斑に息づきて薊は咲けり水漬きながらに

湧水の中に根をはり花咲ける薊の色の忘れがたしも

オルガンの音色の光みちてをり三島梅花藻咲ける湧水

噴煙のごと砂突き上ぐる湧水のまあをき水に身は濾過さるる

ヘドロより清流奪還するまでの労苦を語れる人の朴訥

下川原里見氏の目と声の真《まこと》　清水得るまでの歳月にじむ

双眼鏡にミシマバイクワモ見せくるる下川原里見氏の穏やかな声

柿田川の源流守れる下川原里見といふは仮名にあらずや

間断なく湧きて光をまとひゐる柿田川見ぬ　見ることは信《しん》

絶え間なく白砂黒砂噴き上ぐる清冽の水に梅花藻ゆるる

産卵の鬼蜻蜓清き水の上をツッと飛び過ぐ未来図見せて
（アオハダトンボ）

幾年のナショナル・トラスト運動の賜物のぞく双眼鏡に

水源に水神《すいじん》貴船の祀られてふるさと京をはるか思へり

「富士山はきつと見えるよ」夫の言葉そよげど雲は動かず退かず

通りすぎるだけと思ひゐし三島駅に長き時間を友と語らふ

柿田川湧水域の蒼き水まなこ閉づればたちまちに顕つ

眼つぶればそこにはいつも柿田川の源流の景あをあを顕ち来

溶岩の裂け目を幾年縫ひてきて光へと出でし真清水の明《めい》

清流に病の疑念忘れゐつ木陰に山桃もぎつつふとも

柿田川湧水一口メモ

富士山に降る雨量は、年間二十二億トンほどで、湧水は約三十五%だといわれている。ミネラルが豊富な柿田川は、近郊の約三十五万人の飲料水や工業用水、農業用水として利用されている。柿田川となって流れる清冽な水は、人間ばかりでなく、泉に生きる数々の生き物たちを育み、水草のミシマバイカモや水辺の植物ハンゲショウ、又水辺にはゲンジボタルなど柿田川ならではの四季の風物詩が楽しめる。

柿田川は、富士山に降った雨や雪が地下水となり、富士の噴火でできた三島溶岩流が天然のフィルターの役目をする。濾過された湧水が百余年の時を経て、大小数十ヵ所の湧き間から湧き出している東洋一の清流を誇る。水温は一年を通して十五度の湧水だ。

紫蘇を買ひに

大原へ紫蘇買ひにゆかむと夫の誘ひ疲れたる足を靴にはめこむ

朝市に欲しかりしものその莟はじけむばかりの百合の一束

農夫名、電話番号の明示ある根付きの紫蘇の力を抱く

福井より大原の紫蘇買ひに来しひととしばらく風に語らふ

紫蘇買へば夕べ忙し紫蘇ジュース作ると暑きキッチンに立つ

半夏生のころ――六月二十八日

誰が座りしか待合室のまだ温き椅子に座りぬ半夏生のころ

風もなき大病院の二階よりパティオのやうな受付前見ゆ

緊急に緊急にと言はれをり病はこの身にしかと巣喰ひて

美しく強く終りたし妹より友より五年長く生き来て

前倒しでいかうと言へる医師の目の癌といふ字を静かに見つむ

「忙しい人やな」と言ひ病院に茶会にと送りくる夫なり

荒波に雄々独座の蓬萊山真砂の上に黒々と立つ
（大徳寺塔中瑞峯院）

水無月の白雲木は寺庭に緑すがしき実を結びをり

漂ふごと流れゆかむか結び文なき手紙書き封をしたりぬ

雨あとの捨翠亭の緑美し裏木戸あけて庭師出で来ぬ

入院の連絡先をメモしをればわが生きこしの輪郭の見ゆ

入　院――七月二十八日

一ヶ月の入院と聞き憔悴の夫の背を撫づ担当医の前

父母のいまさぬことも今は幸　術後苦しみ管あまたつけ

チューブ三つ外れたる夜の雨を聴く七月なれどほのぼのとして

流動食管下りゆく八十分眼裏ゆたかに富士の湧水

一本の細きチューブに驚きて孫の泣き出づ泣きてはふりむき

背後よりそつと抱ける孫の重み未来といふがぎつしり詰まる

ふりむかぬと約して夫と子に「又ね」雨近き夕べの病廊半ば

生命線——七月三十日

左手の生命線のかすれつつそこ繋がれば太き線あり

暗き部屋と灯れる部屋とこもごもに病棟二十時病状語る

病棟に朗らにひびける看護師長の声は太陽いづこも照らし

雷鳴の兆せる夕べ今去にし夫は市場に菜《さい》選びゐむ

まなかひに鶺鴒一瞬睦みたり　夏のあしたの水色の空

手間隙《てまひま》のかかりし朝食感謝せり裏ごしパイン、キャベツのムース

アイスノンに髪黒々と冷えゐるを束ねて今日より葉月始まる

きらきらと夏日反せるドアの向かうへ夫見えずなる　ひと日が終る

振り出しに戻れるやうな外来棟われはパジャマのままに歩めり

50 ccの水飲めるわれを見守りて看護師長は励ましくるる

かすみのごと湧きて伸びくるちさき爪を切りつつ愛し生きてゐること

うすみどりの――八月四日

うすみどりの花咲ける樹、樹の裡より風生むごとし枝ごと揺れて

風孕み大樹はマグマ秘むるごと総身の花とともに揺れをり

病窓に右肩上がりに飛び去りしミドリヘウモンは今朝のアクセント

遠北山の谷間谷間に霧降れり山の形と数を見せつつ

眼下《まなした》の雨の裏道傘させる女《をみな》は行けりひとり薄暮を

わが未来見るごとをみなひとりゆく雨の夕べの道を曲がりて

すかしゆり――八月五日

きのふまで美しかりし透かし百合　花落としをり朱色重ねて

談話室のここに座りて本読みゐし夫の背忘れず　退院日決まる

退院は八月六日午前九時　大安にしてわが誕生日
どこからを晩年といふ崖のごとき七階病窓に夕陽ざらざら
何もかも無かつたことにせよといふか病窓眼下雷雨に烟る
嫋やかに主張なく西に嵐山この鎮もりを切に希めり

花桃の香——八月八日

わが横臥、滲める涙を背後より見守《まも》れる女の孫乙女さびたり
萩の花を風が揺らせば黄蝶とぶと友の便りは秋を運び来
快食、快便、快眠の何でもなき日常が本当の幸

快食に至れる遠き道のりの開口訓練といふが始まる

にぎり鮨食べれるやうにと開口の訓練きびしきまりか先生

「みてごらん」とわが枕辺に花桃の香りよき実を夫置きくるる

入院待ちの日々

身力は盈ちつつ欠けつつ癒えゆかむ今日は何でも出来さうな晴れ

共にゆかむ道の果《はたて》の見えそめて夏さむざむと暁闇を醒む

ぬけ道の細きに沿へる川の辺の凌霄花《のうぜんかづら》のいのちの朱色

通院の狭間に来たる黄檗の寺の荘厳ここも良し死後

（十月八日売茶翁没後二五〇年で萬福寺へ）

目印の「白日青天」の墨書揺るわれに縁の言の葉嬉し

（白日社「詩歌」、のち短歌誌「青天」に所属）

売茶翁没後二百五十年　煎茶はあまく身に沁みとほる

（有声軒にて）

再びの手術に完治待ちゐると励まし下さる笑顔を蔵ふ

（M氏）

こんなにも綺麗だつたか夫の薔薇が入院待ちの日日を飾れり

剣鉾を見に――十月十四日

白川の川音にいつしか和太鼓の音の交じりて心急きゆく

献灯の路地裏までも懸けられて粟田神社の祭たけなは

古川町商店街をゆく神輿こんなに狭い路地に人、馬、神主

正服の赤袍ゆるりと神主は馬から降りずに休憩をとる

神主の乗れる黒馬穏しくて頸なでやれば温かきこと

人間の三倍速で歳とるとふ六十歳《ろくじふ》くらいか馬の目やさし

人間で言へば六十歳《ろくじふ》いつまでを神主乗せむ祭礼の馬

十五分待てば剣鉾来るといふ辻に立ち待つ病忘れて

剣鉾は我が目の前でかかげられ行きつ戻りつ鈴打ち鳴らす

りんりんと剣鉾の鈴高鳴ればどこか淋しい秋の深みて

老齢の男も若きもリレーして剣鉾ゆらし鈴鳴らしゆく

剣鉾のてつぺんの剣電線にかからぬやう行くよろめきもせず

躓く――十月十七日

秋晴れに夫の夜具など整へぬ入院予約すませたる日の

再入院決まりたる日にひとつ咲きし庭の山茶花あかく灯れり

健やけき寝息の夫よ目覚むれば心配事のわくごとあらむ

菊花展は準備中なり入院を待つ身に見ておく今年の秋と

病ある身にくぐまりて水琴の楽を聴くときしばし安らふ

結ぶべき実は結ばれて静かなりひと廻りする雨上がりの園

コスモスも一ひらひとひら散ることを風なき園に今日は知りたり

癌がわれを蝕みゐると言はざるを科のごと人は話題を変へず

健康は何より優位　病得て人に躓き自己に躓く

アイリスの

アイリスの模様の白き魔法瓶あさから磨く　急ぎはせねど

カード類の数減らさむと選びをり生くる日に要る本当を捜して

時速250km《キロ》の血にのりて造影剤はわが身を廻る

再手術うまくゆくやう刃物社の人をらぬ静寂に頭を垂れぬ

四条大橋バスによぎれる東の間をはるか北山時雨てゐるか

入院の朝をせがみてキスを受く傷痕のこらむあたりに軽く

喜びは夫の優しさふりかへりまた振り返りオペ室に入る

（十月三十日）

晴れやかに明けゆく今日は開炉にて友みな美しく着飾りてゐむ

給湯器の湯にて開炉の茶とはせむ友手造りの小さき茶碗

喫み干せば底より鶴の現るる友の造りし茶器のぬくもり

名前知りたし――十一月二日

北の窓に見ゆる大きな何の樹か午後の風受け踊るがに揺る

夜の闇に見えぬ大樹よ見えねども朝の光にまた輝かむ

朝靄の中に姿を現せる樹の名知りたし私はヤスヱ

まばたきの一瞬に去りし鳩一羽　存在のはかなさ噛みしむる日の

人の夢と書きてはかなと読むことともこの頃しきり思はるること

アンテナの上つくねんと止まりゐる鳶の端正　背筋をのばす

霧の濃きベランダに来て二羽の鳩恍惚とかたみに羽をつくろふ

丁寧にドレイン管を抜かれたり姉がゐるとふ医師の優しさ

一条の茜残して厚き雲ガーゼのやうな雨降らしをり

完熟の無花果くちに入れくるる夫の手ややに老づきて見ゆ

わがために鶏の肝煮て野菜ゆでて退院の日は夫誇らし気

カレンダー六月のままに師走来ぬ幸《さち》・不仕合せの日日とぢこめて

お守りになれば

二〇一四年

「お守りになれば」と賜びし花入れに由岐大明神の焼印の濃し

（植松宗峰様）

抗癌剤今日より二週間お休みと軽き心に図書館のぞく

かすれゐし生命線の繋りて術後のてのひら幾度も見る

歩く速度戻りて夫と並びゆく術後二ヶ月病院までを

「ぼくらはみんな生きてゐる」朝より歌へば春来るごとし
椿、桜、槿、柊、松、檜　木偏に遊べば朝よりすがし
「美瑛の丘白一色の雪でした」籠れる日々に絵葉書の光

仁王門通を詠む

仁王門通の東のつづまりの南禅寺山門はるかに見ゆる
秀吉の茶会ありしとふ頂妙寺を横切る　新緑、黄葉のころ
淡水魚・鮎・野鳥類を商へる〈ザコトラ商店〉昔よりある
花重《はなぢゅう》はわれの好みの花置きて商魂あはきもさらに好もし

千八百六十九年創立の小学校なり町角を占む

少子化に閉校となりし小学校　伐られずあれかし桜、白藤
（新洞小学校）

懐古庵の宿の入り口いつの世の景色か見え来　丸きポストに

蝙蝠《かうもり》傘を義父に届けむと寂光寺の本因坊に来たることあり

小さなる飲食店の夕あかりいくつも増えたり細き通りに

石蕗の黄

天皇を祀れる塔を見せくれし尼僧しのばゆ換骨堂の

厭離庵の尼僧の焼きにし碗をもて頂きし薄茶の忘れがたなく
（'07・11月換骨堂にて久我光鳳様のお点前）

寺坂の地下くだりゆく排水の水琴の調べを奏づときをり

虚と実とともに拝せり平らけき水面にくつきり赤崎辨天

樹皮だけとなりても咲きゐし桜なく車輌区画の白線の照る

まはり道に軒端の梅を見むと来ぬ枝差し交はせる真冬の形の

崇徳院地蔵の背後に照葉して美男葛に赤き実ひとつ

手書きレシピの読めぬところは自己流にポークソテーのオレンジソース

「いやそれを言ふな」七十歳《ななじふ》をためらひて羞しみてゐる誕生日の夫

わが庭の石蕗の黄を喜びし人世を去りてまた冬至る

うす暗き崇道神社に節分の人影あれば砂利踏みてゆく

高野川きよらに冬木を映しゐる静寂を渡る小さき橋に

六年目の春

細枝の先まで雪をとどめゐて御苑鎮もる鳥影もなく

学校のグランド一面に雪積もり二月のまつしろだれも汚すな

しんしんと降りゐし雪は水となり春の音きく湯舟のなかに

冷たいねと包みてくれし看護師の手の温みのこる採血のあと

街路樹の花水木の枝に懸けられて手袋ひとつ雨にぬれをり

いちはやく咲ける紅梅へまつすぐに御苑横切る二月毎年

〈通ひ路は二條寺町夕詠《ゆふながめ》〉西鶴の碑のむかしを知らず

穏やかに雛を飾りて明るめり妹逝きて六年目の春

「里帰りの銀座の柳」芽吹きそむ三月木屋町　寒戻れる日

医師の和顔・夫の愛語に包まれて癒えゆく日ごろ寒もゆるびて

和顔愛語わが残生の語彙に加へ心やはらに歩みゆくべし

（題詠・和　二首）

蒲生野へ

ビルの間に比良春雪の峰みえて湖国へ入りぬ心放たむ

灰色にかすめるはての春の比良尾根くきやかに雪は光れる

何鳥か春の畑に動く見ゆ羽と智恵のみ持てる軽さに

ちちははの四人在まさぬ春彼岸　うたに繋がり蒲生野をゆく

知り人のなき近江野の広さかな春のうららに淋しさ兆す

雄郎と夕暮ゆかりの極楽寺に春の彼岸の念仏の声

近江路の人魚伝説　小さき橋に春の川水覗きてみたり

蒲生野に春の陽うららその果ての鈴鹿きのふの雪にかがよふ

駅に遭ひし女《ひと》と一日を共にして帰途の電車を並び待ちをり

俊寛の谷

逆光にメジロ三羽がついと去る庭の馬酔木の鈴を蹴散らし

清冽の川音《かはと》ひびける白川や躬恒湖国へ越えゆきし径

遠望の俊寛の谷を桜花明るく染めて春のはかなさ

小さき花まばらに咲くと「たてかはの桜」のことも告げたかりしを

京都御苑内閑院宮邸跡の春

出土遺物の雑器薄手の小ぶりにていづれも菊紋あざやかにあり

小さき瓶と飾り金具よ江戸の世の彩り褪せず平成の春

新緑の木下を射干の花あまた咲きて乱れて明るき卯月

椿一樹木下に紅をふりこぼし音なく今年の春を逝かしむ

まばらなれど自らの樹下の範囲にて紅き椿の落下の円形

樹下まるく落ちし椿の艶めきて琳派の視線蘇らする

深草石峰寺

鴨緑色《かもみどり》の川に架かれる深草橋けふ半日の起点と渡る

十字架を刻める石仏　木蔭にてまだ新しき供花の潤ひ

木洩れ日の初夏の羅漢寺ともに来しかの日の母に逢ふやも知れず

大白百合木洩れ陽にゆるる墓の辺を羅漢に会はむと階のぼりゆく

青風《あをかぜ》に真竹ふれあへる静かなる「賽の河原」にあまた石仏

深草の丘の傾りを立ち在ます羅漢いづれも知り人に似ず

若沖の下絵になりし石仏のへ・の字に結へる口ゆるぶなく

穏しさのはた苦しみの羅漢たち予報の雨にあしたは濡れむ

まつすぐに墓地をぬければ稲荷社《いなりしや》の千本鳥居の朱《あけ》のざはめき

石仏の丘より稲荷《いなり》社へ辿りくれば神楽つややかに身にしみとほる

死と生はたしかに地続き墓地ぬけて稲荷の杜の朱の鮮やかさ

週一の

週一のバイト復活告ぐるわれに主治医の目と声明るく強し

五年目に咲きたる笹百合見に来よと言へば見にゆく六月よき月

水明り空には月の夕あかりそのあはひ行く少し疲れて

来野あぢさ描ける淡き黄の月を見て来しばかり　空に夕月

明日はもう過去の気配に染まりをり黄砂を容るる盆地のまちは

梅仕事に明るき吾子と孫の声耳に還りてよきかな六月

抗癌剤終了近ししらさぎの城の明るさ白の尊さ

キーン氏の講演の網に掬はれて七月六日の予定は埋る

光代さんの歌集読みつつ泣き笑ふあなたの心わかる歳頃

まるまると太れる枇杷が灯りをりわが言語野に届かむばかりに

瘢痕をそよがせビールが下《お》りしあと大吟醸がゆつくりとゆく

どの辺り漂ひをらむ今のわれなんにもかもが未完のままで

蟬

灰色の雲厚き下ひねもすを鳴かねば死すと蟬なき止まず

蟬声の波のごとくに揺り返へす疏水小径に夾竹桃燃ゆ

蟬声の荒磯《ありそ》のごとと見上ぐればはてしもあらず真青な空

ガザ、ガザと蟬は鳴くなり砲弾の止まざる空のあるを識りてか

蟬の声バスのドアより傾れ込む「同志社前」は御苑の側で

苦瓜は真赤に熟し種を吐く世の子供らの宿題の日々

太白蓮《たいはくれん》の淡きもいろ咲きたけてあしたの雨粒その葉に転《まろ》ぶ

瑠璃の尻、羅の羽もてるを自らの美形を知らず蜻蛉休めり

天指してひつたり種を結びゐる高砂百合は称へらるべし

雨あとの水琴の音を聴きためし耳にさやけく鳴くは何鳥

雨の日は噴水などは止まりゐて噴水池に雨は吸はるる

癌細胞とりて一年　得しことも失ひしことも見えくる日頃

地底湖のごとき心よ育めるものそつと置き日常は過ぐ

誰からも見えぬこころをたのしみて秋草を摘む傾斜軌道《インクライン》に

先程の雨に散り敷く葛の花インクラインの錆びし鉄路に

仙人草

雨あとの小暗き径に純白の花かかげをり仙人草は

（鴨川）

秋花にヱノコロ、ジュズダマ加へたりこの愉びを知るひと幾人

「嫌はれる存在だからこそ愛する」とユゴーの言葉立ち上がる不意に

明けきらぬ雨の窓辺に切りとりし槿むらさき掛花入れに

萩まつり——梨木神社

くじ引けば朝一番の点前なり深く辞儀して柄杓を構ふ

短冊もともにゆれつつ萩咲けり幾年ぶりの美事となりて

梨木社の宮司の席に茶を点てぬ萩の美事を何気に言ひつつ

秋一日《ひと》茶会に汚れし足袋脱げば風は通ひて涼しき夕べ

手術後のくぐもれる声に倦めることとあまたあれども茶に紛れつつ

野ぼたん

燦燦と秋の日かへせる石畳さみどりのバッタ死して輝く

夕の陽を弾きてをりし野ぼたんの濃き紫は闇に沈みぬ

夕闇に呑まれし野ぼたん濃紫　黄泉平坂こえにし母よ

野ぼたんの大株くれし母偲ぶその戒名に「紫」ありて

若き日の多忙にかまけ枯らしたるゆゑにか野ぼたん吾《あ》を引き戻す

刀剣展（於とらやギャラリー）

検診のあとはればれと秋の日を夫の誘ひの刀剣展へ

秋の陽射しきららなる午後ほのぐらき刀剣展の静寂に入りぬ

「正宗賞」のゆゑ聴きてより刀剣展はじめて楽しと思へる一日

刀剣の銘〈無玄関〉に伐られたり　言葉は強し不意に襲ひ来

残りゐし夏の地熱をこなごなにスーパータイフーン去りぬ夜半を

蜘蛛の巣に童話のやうな虹立てり台風一過のあしたの狭庭

つはものの夢か遺れる京のみちフンコロガシがせつせと働く

蟻一匹ふらふら歩めり秋風の一段冷たき台風一過

木洩れ日

図書館の桂の木下に憩ひゐし父母の面影ゆらす木洩れ日

たれかれの詩集読みては忘れゆく　夏のをはりの雨の静かさ

急ぎ足の秋さんさんと日はこぼれミューズも今は小走りに過ぐ

進々堂の二階の窓辺　欅より色付きそむる京の並木路《ぢ》

台風のあとの径には小枝、枯葉あまた散りぼひ足裏よろこぶ

つぶらなる一位の種は毒をもつ毒ゆゑひときはあかく美《は》しきや

風草も秋の実りをかかげつつ北風まじる中に輝く

Yの字の第一画を近道に賀茂《かも》川の水音に沿ひて歩めり

蜘蛛の巣のかかれる伊吹の輝きは遠い日祖母の家にもありき

右岸より翳れる鴨川ひとむらの銀の薄も光失ふ

塒へと帰らむ鳥の幾度も散りては寄りて円描き飛ぶ

靴底の一粒の砂捨ててより夕べの帰途の軽やかとなる

水茄子と千枚漬の幟並み夏冬のけぢめ朧なり地球《テラ》

水色の一本の線を湖《うみ》を見つ湖国大津の消印のハガキ

（十月十九日　O様よりハガキ）

眉月の

眉月の色づくさまよ信号を三度見送りあかず眺めぬ

水松《イチヰ》の実紅きをもげば神無月のこれる幾日の輝きは増す

水田芥子《クレソン》の茂れる川辺夕凪のやうな光を堪へてゐるも

八日早き凩一号そくそくと腰の辺りを冷気がめぐる

川底の石畳はしき鴨川《かも》三条水はピッコロの音色に流る

川底にも石畳見ゆる鴨川の三条橋下《はしした》　秋陽きらめく

マンハッタンヘンジをテレビに見たる日の岡崎の夕陽捨てがたく美し

いかほどの歩みや日常遅々たるも流れ止まざり歩むほかなし

四頭茶会の道具展を観に

向き合へる双龍の間《あひ》を浮雲の流るるごとしふはふはと白

うぐひすを鳴かせて歩める禅寺の立冬の気を胸深く吸ふ
（建仁寺）

宗達の筆の激しさたをやかさ風雷神の夢に入り来て

逝く川の

逝く川のほとりの木々の色付けり霜月の美はほんのひととき

商業神マーキュリー立てる天満橋地下道出てて歩道をゆけば

御嶽の噴煙のごとき白き雲OMMビルの壁面を這ふ

まばゆきまで紅きもみぢのある寺に少林寺拳法の碑ゆるぎなく建つ

知恩院の鐘が夜明けを響きくる一つ目聞けば次待つこころ

全身を耳となしつつ鐘を聞く寒波の朝の窓は開けずに

こんなこともあつたと流せる軽ろさもて暮れの掃除にスクラップ捨つ

角虎尾

堰落つる水音《み》にしばし寛げり明日の茶会の準備を終へて

鴨川は漣もなき穏やかさ夕雲映し淡き桃色

見返れば北山白くふぶきをり日本海より雪雲迫りて

すべての葉脱ぎたる大樹神経のごとき細枝《え》を空へと伸ばす

たちまちに雪もよひせる北山を遠景に鳶四、五羽の旋回

雪見灯籠雪かづきをり南天も松も桜も山茶花も白

掃き寄せし落葉一陣の風に散る散りては寄する朝に夕べに

角虎尾夢《カクトラノヲ》にほのぼの咲ける径約束のごと曲がりゆきたる

地下鉄を出づれば冬至の日暮れ色ゆくての信号みな赤となり

初対面の鏡子さんをこみ合へるカフェに見出でぬ旧知のごとくに

けぶるごとき眉は欲しかり手鏡に冬の眉尻色をさしつつ

わし星雲　　　　　　　　　　二〇一五年

山伏の法螺貝ひびける寒の辻二月の明るき日差のびをり

冬水仙なだりて咲けるところより急ぐ心の歩を緩めたり

用のあるごとく覗けどこの小径入りしことなくまた行き過ぎぬ

曲り角に片寄せられし石仏の声かも知れず風に紛るは

白川の流れ深きに枝垂りつつ甘夏あまた残りて灯る

北山に比叡に雪の照りわたる街区の橋より凛と見えつつ

懐しき一人ふたりを思ひつつ冬の日照雨に佇ちてバス待つ

はかなくも生《あ》れつつ消ゆるわし星雲　詠みては消ゆるわが歌のごと
みじか世とも思へど子を産み親送り孫を抱けば遥けしわが生《せい》
もはや虹の刻限すぎて夕闇の迫れば雨の道を急ぎぬ

山茶花の

山茶花の白き散華に極まれる静寂よ東寺金堂のそば
穢れなき朝のしじまの東寺なり白山茶花の少しこぼれて
洗はれし心に歩む冬の寺　修行大師の像に見られつつ
空の鏡置きたるやうな水たまり白さざんくわのほろほろ散りて

塔の秀《ほ》に暮れ色迫れる彼方にて桃色の雲余花のごと咲く

厳かに東寺南門鎮もれりやはき赤児を抱《だ》ききたる夕

糠雨の羅城門跡の碑のそばを媼がひとり杖つき出で来

細き雨に羅城門跡ぬれそぼつ幻さへも顕たぬ暮れ色

清盛の手植の楠の伐られざれば西の大路は真直ならず

東寺御影堂にて　（司馬遼太郎）

私は毎年、訪ねくるひとに京都のどこかの寺を、そのときの思いのままに案内するのだが、約束のときに「東寺の御影堂の前で待ちましょう」ということにしている。京の寺々を歩くには、やはり平安京の最古の遺構であるこの境内を出発点とするのがふさわしくまた京都御所などよりもはるかに古い形式の住宅建築である御影堂を見、その前に立ち、しかるのちに他の場所に移ってゆくのが、なんとなく京都への礼儀のような気がして…

どこの細道

やうやくに慣れて迎へてくる孫さよならのときは小《ち》さく手を振る

辻々の桜で曲れば帰途ながら迷へりここはどこの細道

薄暮より夕べの闇へ落ちゆける桜をりをりフラッシュに浮かぶ

迷ひなどなき今日の日よ咲き盈つる桜さくらの徳成橋に

響きよき鳥のソプラノ朝あさに来鳴く狭庭に春は明るむ

八千代の舞

白紬に訪ふは祇園の歌舞練場八千代の舞をこの目に見むと

銀屛風の前にふかぶか辞儀するは井上八千代　袖香爐舞ふ

白き襟に灰紫の衣纏《きぬ》ひ場を占むる八千代華とし映ゆる

白帯にをりをり金糸光る見ゆ八千代ゆるらに末広展べて

金色の末広ふはりと打ちかへし八千代は舞へり舞台にひとり

ふりむきて亡き人偲べる舞見する八千代にあれば佇つだけでよし

旧古河庭園

若き日を懐しみ乗れる山ノ手線内回りには空席のあり

バラ園に花咲ける季《とき》どの径も通らむと行けば猫走り出づ

（旧古河庭園）

「朱宝」とふバラの輝き手に寄せぬ明日の希望得たる思ひに

心字池に二つ残りて純白の菖蒲花咲く目覚めよと咲く

急勾配さらに削りて滝とせし小川治兵衛を此処にも見るかな

心字池のさかさビル影ゆれもせず梅雨の晴れ間を時止まりをり

六義園

朴の葉の乾反り散りぼへる六義園《りくぎゑん》歌友《とも》を思へば時を忘るる

甘き香に泰山木を見出でたり　下ばかり見るなと大木は言ふ

六義園に泰山木は二本あり遠目にも見ゆその花盛り

築山の石階にひとすぢの蛇《くちなは》よ其も吾《あ》も同じ　一瞬凍る

大都会のオアシス六義園のへび　ここ出づるなく果つるいのちか

クマザサの隈白じろと鮮《あざ》らけし園のをちこちを静寂にせり

聖橋まで

京都より早く明けゆく空の色水上音楽堂に靄うすれゆく

再訪の妻恋神社の赤鳥居さねさし相模の人思ひ出づ

朝まだき神田明神の茅の輪潜る邪念はもたず願ひももたず

見納めとなるや幾つの坂上り坂降りてゆく聖橋まで

聖橋を越えてはゆかず早朝のニコライ堂見て踵を返す

実盛坂急なるを降りてふりむけば朝の屋並と空があるのみ

沢瀉蝶の家紋の墓石に偲びつつ歌集の帯文頂きしを謝す

紙屋川

「紙屋川の短き橋」は歌反故のいつの断片また春は来ぬ
（'14年2月作）

青もみぢすかして見ゆる紙屋川の雨後の水流清らに迅し

（以下'15年6月作）

細く深き紙屋川なりもみぢあまた生ふる御土居の上より見れば

紙屋川の仮橋渡りぬ白梅町《はくばいちやう》・紅梅町《こうばいちやう》の名をもつ町へ

紙屋川の水害防ぎし堤防の中は洛中　聚楽第などありき

バスに乗れば知らずに越ゆる紙屋川まちの隙間を縫うて流るる

石階《いしきだ》を降りて仮橋渡るとき水面は近く楽しげに流る

小さき川といへど海へとゆく使命　仮橋の上にしばし佇む

渡りきりし橋のたもとの竹藪に三つばかり筍季違へ伸ぶ

二条城を magnificent《荘厳なり》 と言ひ添ふにアメリカ男は唸り頷く

縄文杉見ざらむ一生《ひとよ》か悔いのごとはるかの風と波はざわめく

（題詠二首）

歌ノート捲ればつたなく渡りこし幸《さち》・不仕合せの日々の還り来

竜舌蘭の花　（下京区金光寺）

百年に一度咲くとふ竜舌蘭六十九歳《ろくじふく》の吾《あ》は汗かき見上ぐ

目陰して五、六メートルの花茎を仰げり炎暑の道夫ときて

（八月六日　下京区・金光寺）

来年はもうなき一期一会の花　竜舌蘭の黄の花仰ぐ

鉄砲百合

葉裏白く揺れて撓へる木木達よ腹黒きこと木木は持たずも

（墓参）

百余《ま》りの鉄砲百合の花と蕾銃口のごときがわれに向きをり

一瞬に高砂百合をぬりこめて厚き雲より激しき雷雨

桜葉はうつらうつと夏　誇りゐし花の色と香はやも忘れて

行く手なる谷深く充つる霧あれば闇に向かひてわれゆくごとし

小枕とふ辻の信号は感知式スルーせよとて青のままなる

鉄砲百合に侵略されし窪地にて深きその根をいくつ掘りたり

百千の鉄砲百合は戦士はた朋《とも》　つぼみも咲くも向き合ひてをり

銃口をわれに向けつつ百合の咲く撃たれてやらむいざいざ早う

盆の花手向くる墓辺ちちははははどれほど先を歩みてゐるや

遅れ来て花を手向くる墓の辺に静寂はあり　逝く夏の光《かげ》

野に咲きて野に枯れゆかむ草花を父母《ふも》は愛でゐつをりをり思ふ

（八月二十九日　唱和之式のために）

災害の多きこの世にときを知り桔梗《きちかう》凛と紫掲ぐ

一本の百合の可憐をさしだしし女孫のひとみ輝きてゐつ

題詠「面」のための習作

壁面に映れる月鉾実物とともに四条の富小路過ぐ

完熟のトマトの断面もう一度包丁入れて朝餉ととのふ

面識はあれど名前を知らぬまま月釜の席に親しくなりぬ

皺少なき翁の面《おもて》に父思ふ御祖《みおや》神社の杜ふかく来て

（能面展）

覆面の源氏の抱きし夕顔の墓の見事や守り継がれて

水の面はぬらり照りつつうす桃の、真白の蓮華すずやかに揺る

月影を待つごと面《おも》を空に向けゆふすげ初花今宵咲きたり

一粒が面となりゆく雨の嵩夕べの道はみるみる濡れて

地図の上の黄の面ばかりのシリア国パルミラ遺跡の興亡を抱く

コーヒー・ルンバ

暮れ闇の河川敷より湧きあがる「コーヒー・ルンバ」信号待つ間の

色づかぬまあるき月出づも少しで満月されど暦に「満月」

（JRにて四首）

天空を渡りきるころ満月とならむ月の出　真綿のやうな

海の駅に電車待つ人背後には大きな月が色づきそめて

桂川渡りつつ紅をほの差しぬ疲れを捨てて降り立たむ京

キッチンに立つ吾《あ》をカメラに収めたる汝はカナダへと二日後に発つ

（十月九日、O君）

東山二条でバスに乗る汝を最後とばかりカメラに収む

トロントに今は立ちゐむ　ふるさとの景とし時にわれを思へよ

木津川の葦一方《ひとかた》にしなひつつ夕風の中あらがふごとし

（京阪電車にて三首）

土手の上《へ》は空ばかりにて秋雲の姿変へつつ遊べるごとし

踏切の草生にまぎるる碑の文字に〈桓武天皇陵〉とあれば切なし

緑葉梟

八月六日は私の誕生日。戦後の発展に浴しつつ生きて七十年近い。火山活動期、原発問題、民族間の問題etc。混屯の晩年を生きねば。「日本歌人クラブ会誌「風」私の育った時代」

子育てと子離れ上手き緑葉梟《あをばづく》　殺伐の世を見下ろす梢に

バスに街に外国人の溢れをり混沌の世の不安なきがに

滅びたるものの目覚めて語り始む　サウルスの歯、舌《ぜつ》ある銅鐸

京阪宇治線

散りのこれる桜もみぢの鮮やかに観月橋駅数秒停車

伊賀、根来、駿河、丹後とにぎにぎし桃山南口駅の地図

はるけし　弥勒出現の未来まで地蔵のたたす六地蔵駅

藤原の世にありしとふ木幡なる御堂のあとを尋めし若き日

黄檗の寺の端正ここならば永遠《とは》のねむりにと言ひしわが夫

三室戸にあぢさゐ・はちすの思ひ出を辿れば若き日日の輝やき

久々に宇治橋渡る　まつしろな茶の花咲きて冬は来向かふ

冬の記　　二〇一六年

美容院へバス停ひとつ早く降り冬の清しき鴨川渡る

億万の人間の汚せる乾坤を冬陽は強く差して輝く

雪月花の雪を忘れて千年の京《みやこ》大路をコートもなしに

自己主張消すも自己主張　山容を隠して靄を纏へる北山

きつちりと剪りそろへられ生垣のさざんくわ喜々と紅く咲き満つ

地にひくく疲れゐる日を二つ三つほほゑみくるる冬のたんぽぽ

鳥たちが食べのこしたる朱実あまた日暮の前を輝き放つ

湖近く点在の丘の朝の色まだ陽は差さず彩なき冬野

かつてわが銀色の川と詠みし川河口は靄に包まれてをり

湖のひとつ島影夜明け前のその暗鬱を憶ふふたたび

平らかにひろらに湖国の町見ゆる日の出の前のコンビニの燦

伊吹嶺は雪にけぶれり鴛鴦の集へる池に雪吸はれゐむ

山間《あひ》の径を入りゆき鴛鴦を見し日よ雪にけぶりをりにき

冬の樹皮脱ぎ落としたる木木たちよ川のほとりに春陽をまとふ

冬の三溪園

ひるがへりかはせみ水に入りたるを旅の途に見ぬ見知らぬ人と

かはせみに亡き母偲ぶ枯蓮に色鮮やかに休めばなほさら

枯れ果てし蓮に絢爛とかはせみは色を放てり　吉祥と見ぬ

水仙のひだまりのあり何といふこともなけれどカメラを向けぬ

池の辺にレンズ覗かせくれし人かはせみと共に帰途には見えず

万作のはなざかりなり一月の苑に嬉嬉とし一木《いちぼく》は立つ

狂ひ咲きのミツバツツジの三つ四つが目に焼きつきて如何にせむ睦月

汚れたる足袋を脱ぎつつ蘇へる三溪園の寒の日溜り

家族写真

亡き人を思ふとき亡き人いきいきとわが日常の隙間を充たす

在りし日の自信と笑顔をあふれしめ家族写真のまぶしき若さ

食卓を囲める五人の家族写真みたりは逝きてこの世さびしゑ

何鳥かルルルと鳴きて目覚めたり今日のひと日によきことあれな

診察の結果良しとぞ肩くらい濡れてもうれし春雨のなか

流れ去る今年の時間さくらさへ見にもゆかずに終はるか四月

流されて流れゆく日々じんせいを削る思ひにさくら吹雪けり

エナガの視野

ダブリンの楽の音もるるパブの窓中年男と煙の充満

ダブリンの楽の音にジョイス思ひ出づ学生時代は短く迅し

夕やみの四条大橋信号を待つ間三味の音《ね》わが胸抉る

新緑の公孫樹の枝を移り飛べるエナガの視野にわれ存在せず

冬越えし炉開き椿の挿木なりまだ気遣ひて木洩れ日に置く

雨近く暗き山道登りきて蕪村の墓の静寂に向き合ふ

山の上の蕪村の墓の静もりにひとり佇ちしをのちのち怯ゆ

〈此処辺信長天主堂跡地〉炎上色にさつき花噴く

樹陰深く手すりに倚れば夷川ダムの水音《みおと》の涼が身に染む

歌ノート書く間に白鵬優勝すリプレイ画像に拍手を送る

桜ノ宮公園にて

日本歌人クラブ会議のため大阪リバーサイドホテルへ

葉桜の桜ノ宮公園蟬のこゑ揺り戻しつつフォルテシモまで

たこやきのテント見るまに立てられぬ天神祭は明日とききつつ

川の辺に時やりすぐすひとときを子ら連れて来し桜《はな》の日還る

対岸も葉桜の波夏色に繁れる下を自転車のゆく

赤きカヌー漕ぎくる一人Uターンしてまたリターン溯りゆく

迷ひありや今日の限りをまだとしてカヌーの老人また漕ぎ始む

一羽二羽と伺ひたてつつ鳩の来るバッグにメモを捜してをれば

西瓜飴の

西瓜飴の新聞カラー広告に誘はれをり夢の中まで

小半時早く出でしか西瓜買ひに夕陽を顔にまともに受けて

幼日の盛夏は西瓜　うからして食みて終にはわれは飽きにき

狭庭へと西瓜の種を飛ばしあふ父と子なりきわれのをさな日

祇園へと出でなば買はむ西瓜飴「祇園小石」とふ暖簾くぐりて

冷蔵庫に小玉西瓜のあることのわくわくとして立ち動く酷暑

大玉の西瓜はもはやそぐはざり夫と二人のくらしとなりて

庭井戸の冷やし西瓜の持ちおもりふと甦へる父母《ふも》の姿と

朝と夕ことなる声に鳴く烏　カラス語ありと思ふこのごろ

敬老の無料乗車券に戸惑へりこの券長く待ちてはゐしが

髪細くなりゆく一夏つひにかも遥かと思《も》ひにし古稀はすぐそこ

古稀越えむ気力体力欲りゆくに卒寿はるかに越えにき父母は

夜の蟬

はかなげに鳴き出づる夜の蟬ひとつわれを不安の谷へ誘ふ

法悦に入るやつくつく法師蟬　盆の夜たれの魂はこぶ

鳴きやみし蟬のつくれる空白か余白かしらず睡りに落ちぬ

ブルーベリーを摘みに

朝もやの谷の向からの比叡山高々と見ゆ高野川沿ひ

寒村の庭あかあかとさるすべり燃えに燃えをりだあれもゐない

ふんはりとオクラ花咲く山村の静寂を破りまた蟬の鳴く

薄はや盛りとなれる川の辺に風に吹かれむと車おりたつ

途中とふ峠越えなりじんせいの途中を越ゆる心地に越えぬ

花折のトンネル出でて午前十時山懐の夏の濃緑

咲き残りの月見草ほのと道照らすやうにも見えてそつと手に触る

分水領いつ過ぎたりや山川の水面は輝りて行く手を示す

里芋の畑のそばにも切通しにも白百合咲けり　夏の涼風

山神橋《さんじんばし》いかなる山の神宿る　ブルーベリー摘むとゆく道

安曇川に添ひて来し道ふり返ることなく行かむ古稀からが勝負

濁流の退きて残れる流木を踏み越えてゆく清らの流れへ

山に小さき雲影動ける静かなる時の間こそは今日の祥きこと

比叡山ガーデンミュージアム

濃みどりの木立の向かう盛り上がるましろの雲が夏留めをり

京・近江の景を左に右に見て叡山ドライブ晩夏の風切る

一枚の布のやうにも平らけき湖《うみ》に光の射せるまばゆさ

風にのり谷より何の木の、草の種か上り来　追へば遠のき

近江富士遠望しつつ義母思ふその裾野辺に慎ましかりき

鞍馬・八瀬の谷間の村落閑かなり隣の村があんなに遠い

香焚きてての ひら合はす尊さや根本中堂のみほとけの前

多死社会

〈多死社会〉間なく来るとふ　ひえびえと雷鳴聴ける耳も老いたり

ベビーブームの世代の秋の混沌の朝より続く秋霖の冷え

久々の雨は本降りからからの夏を沈めて木々潤ほして

稲妻と同時に鳴神《なるかみ》降臨すわが家のTVレコーダーの上

雷去りて秋空澄めりこつくりと蓮根・ごばう煮むとする頃

曽爾村より

曽爾村より京の月観に来し人を裏切ることなく月出でよ今宵

照明に朱の濃き八坂神社の上《へ》ふんはり来てゐる十五夜月は

雲間より出でし月かな遠来の人喜ぶをわれは喜ぶ

観月のため来洛の人照らし月も今宵は心満つらむ

曽爾村と言えば奈良県と三重県の境にあるススキの名所。その曽爾村より、京都東山の十五夜月を観るため、友人と茶の席をもつという初老の男性。東京からの女性は、夕方にはどこか京都のお寺から月を観たいという。私自身は植物園の観月に行きたかったが、微熱ありの身、明後日の茶会もありで断念したのだった。日本人の心と日本がいかに平和であるかを思った。雨になったその日、夕暮れにはビルの間にほんわかと、たよりなげに薄い雲を纏ったかに見える月が漂っている。就寝後また起き出してベランダの白い光の中に出てみるとひつじ雲がひろがっていてそれに懸りもせずに月が空を渡っていく。まさに音のない音楽。平和だ。今日出遭った、京の月を愛でたい人も必ずや同じ月をどこかで見ているはず。それを素直に喜べる私を私自身がよろこぶ。

キルギスの蜂蜜

霜月の野の大虹は幸せを運ぶと検診待ちの吾《あ》は励まされ

一時間待ち診察二分の疲るる日結果良ければ全て可とせり

キルギスの高原のひかりを閉ぢこめし蜂蜜ひとびん持ち重りたり

キルギスの風楽しめと頂きし世界大会金賞はちみつ

木枯に一夜に散りし大公孫樹旧三井邸の朝の明るさ

（知人の花展にて三首）

大いちやう一樹吹雪けるを思ひみぬふはふはと黄葉踏みゆく庭に

端然と南天は床《とこ》を飾りをり旧三井邸の気にふさはしく

虹（'16・12・11遺産相続の話し合いの為、朝七時に出る）

墓清め一対の花を置きて来つ共に師走に逝きし父母

不動産・動産配分きまれるを墓前に告げてふる里を出づ

手の届くばかりに狭き谷の虹　父の思ひのありてや現はる

相続の配分決まれる日の虹よ地上のわれと父母を繋ぐや

冬時雨鮮やかに虹をたたしめたり火打ヶ嶽の裾野のあたり

夕づける冬野をもえて野火いくつ失ひしものなほも焼くがに

虹などのはかなきことも恩寵と心整へこころ鎮めむ

狭き谷に懸かれる虹の門《アーチ》なり鮮やかにして潜れぬはがゆさ

ちやうど良き時雨、夕つ陽　約束のごと虹立ちぬわがゆく冬野

ちちははの慈しみのごと背後より夕陽及びて鮮やかに虹

神さぶる大杉日暮れの別れみち来し方ひとつ忘れむとす
（安田の大杉）

ゆるすこと許さるべきこと数へつつ虹の消えたる冬野を帰る

結ぶ絆、捨てなむ絆ともかくに秀月とふにごり酒買ふ

啓翁桜

Nothing in this life is for "always"（「Snoopy」より）

バラの世話で手首を痛めていた夫は手根管症候群の手術を受けるため検査してもらったところ不整脈が見つかり、まず循環器内科で入院。手術が終わるのを待っている間に偶然見た掲示板にあった言葉。「人生に永遠なものなんてないんだよ」。院内学級で学科を教わっている生徒たちの室の前に貼られていた言葉だったが、心にずっと残るものとなった。今に思えば「色即是空」ということか……

積み残し多き歳晩　確実に夫入院の日は差し迫る
（入院日は十二月二十六日十時と決まる）

贈られし啓翁桜五分咲きの三つ四つありてイヴの夜の更く

みちのくの桜あはあは咲く気配われの背後の青磁大壺

わが愛づる啓翁桜咲きゆかむいのちの力つぶさに見せて

花未だ咲かねど部屋に桜ありて夫入院の日々支へくるる
（夫・不整脈で入院）

黒谷と真如堂とを見はるかす　病窓昨夜の豪雨にしとど

クリスマス過ぎて新年まぢかき日夫の手術を待つ間の長し

「人生に永遠なものはないんだよ」掲示の言葉の澱となる夕

ケータイを握りて手術終了を待ちをり人かず減りゆける廊

暮れ落ちし空と思ふに冬至過ぎの西空少し明るさ残す

麻酔いまだ醒めぬ夫の頬にふれ今日の「おやすみ」は一方通行

霙まじりいつしか雪と変はりたり蕭蕭として歳晩の道

点しおきし家に戻りて歳晩のひとりの夕餉に既視感《デジャビュ》などなく

一人には広すぎる家《や》の片隅に一人の食事ひとりの就寝

比叡・比良の今朝のうす雪輝きて年の瀬のまち浄められをり

来る年の抱負を忘れぬうちに書く一つ二つは新しきことせむ

木ぐるみの花とはなれりみちのくの桜は冬の吾を宥むる

正伝寺へ　　　　二〇一七年

乗換へのバス待つ道を額《ぬか》を打ち霙はげしく天をくだり来

目指す山の雪に烟れる只中に三年恋ひし正伝寺あり

扁額は「行雲流水」方丈に独りし座せば静けさは刺す

冷えびえと戦の悲惨伝へゐる血天井など見るなと夫言ふ

静寂にD《デヴィッド》・ボウイ泣きしとふ新聞記事の飾られてあり

心の棘収めむと来し北の寺はるかに淡し水色の比叡

暗き森をすかし竹群日に映ゆる　俗世への径迷はず戻る

正伝寺の山道声なく戻るとき茂みにひくく鳴ける何鳥

バス停より見ゆる船形《ふながた》山難破せむほどに傾き冬色の中

八方塞がりの日

積読《つんどく》の岡井隆を読み始む　読めばこの腑にしみわたる詩よ

八方の塞がれる日を歯科へゆき美容院へも行きなさるるるがまま

八方の塞がるる日の半分は『絹の道』読み道にも迷ふ

「未開紅《みかいこう》」春呼ぶ菓子を茶に添はす空のいづこか雪もよひせり

持ち歩《あり》くものの多さに疲れたり物にはあらず心の中の

川土手に人ひとりなき大寒の宇治川木津川おぼおぼ冬陽

後ろ向きの座席に景を見送らむ過ぎゆくものを優しさとして

雨音はみぞれまじりの大寒のここより春の光待たるる

温たちばな

今夜には大雪といふ降り始め徐々に視界を遮りゆけり

左第十一肋骨骨折の思つた通りの診断下る

肋骨の三ミリひび入る痛みなれ庇ふもの増ゆこの厳寒に

地にひくく雪は舞ひまふ人の世のせはしき動きそのまま受けて

ビル街にひそめる冬の枝垂桜咲くを待ちつつ見たることなし
（京都駅駅前）

迷はずに〝温たちばな〟をオーダーす町家のカフェにはこれが似合ひて

ひとくくりに七十歳《ななじふ》でしよと言ふ人を憎みはせねど流してしまふ

狂ひ咲きならで寒《かん》を咲き盛る御池桜《おいけざくら》に逢はむと靴はく

「可愛いやつ」と紙吊さるる御池桜おなじ思ひに我も見にゆく

寒牡丹

空つぽの心に寒の牡丹観むただそれだけに午前をつぶす

寒気払ひ咲ける牡丹の「島茜」「島根聖代」きよらのはなびら

北庭の噴水低めに噴きをれば心もひくく歩を止めて見つ

やはらかにうす陽は枯れ蓮包みをり敗者のやうにうつむきゐるを

やはらかに枯れ蓮包める如月のうすら日にじむ　慈愛といはむ

ぴいひよろと背後に鳶の声のして如月うらら遠見ゆる梅

ほのぼのと紅さす園や梅が枝を渡りて鶲われを誘ふ

この地球《ほし》に一科一属一種のみ「奇想天外」とその名も淋し
（ナミビア砂漠原産）

大桟橋

サンパウロより横浜に来し女性《ひと》の足跡慕ふ大桟橋に

汽車道はうつくしき橋　ときをりを緑を縫ひてジャズの流るる

昨日《きぞ》歩きし大桟橋も汽車道も雨に濡れをりさよなら横浜

駅前の野菜店さへゆかしかり世を過ぎし友の故郷大磯

梅雨のあめに濡れつつ来たる鳴立庵大樹落雷の態をとどむ

花色唐紙紋緞子

「あんずです」と札かけられて花盛り桜に先駆け人を惑はす
（哲学の道）

ゐざりつつも一服の茶を下されし尼僧偲ばる茶花いくつに
（久我悠鳳さま）

黄釣舟の花の可憐を今朝は活く鞍馬街道の思ひ出と共に

わが好みの裂地の色の「花色」は穏しきグレー過去世の美学

常は見えぬ庭の茶花の咲く季を愛ほしみつつ鋏を入れる

余技として始めし茶の湯夏も冬も吾《あ》を律しつつ幾年を経つ

この夏は常に離さぬアマゾンの朱実のネクレス幸呼ぶときく

クローバーの花ざかりの野に捜せどもさがせども四ッ葉まだ見つからず

何の寝言午前三時を鳴き出づる蟬よおだまり寝かせて欲しい

やつと地上に出でこしからに存分に鳴かせてやれと夫は小声に

二個組の食器こはるる週なりし朝顔型の小鉢とジノリ

若　狭

「魚つりの日はこの席で昼飯を」窓辺の椅子に向かひて座る

御食《みけ》つ国《くに》若狭の山の送電塔原発出でて尾根に並べり

海の道の終点若狭の若狭盆いちまい欲しと思ふ幾とせ

日本海の陥没湾とぞ船にゆけば若狭蘇洞門《そとも》の荒磯白波

遊覧の航跡ましろ来し方の長さとおぼろなひまぜにして

昨日《きぞ》過ぎし台風に魚なき魚市場打水のみがぬらぬらと照る

別れみち、細みち袋小路ありき古稀すぎてふりかへり見れば

夕やけ

信号の赤も心も呑まれさうビルの谷間の果ての夕やけ

（東山三条）

「Jアラート」の赤きテロップ突然に朝のニュースを押しのけてをり

危機の予告なりしか昨日の夕やけの鮮血のやうな赤の充積

襟裳岬越えてミサイル通過せり友住まふ地をかすめるやうに

若き日の父の虞《おそ》れを思ひみる半島有事などささやかれ

地震・雷・火事・ミサイル　おやぢと言ひしころの幸せ

戦後生まれの七十歳《しちじふ》の吾《あ》にゆめ来るな戦中といふ日、戦のある日

嵯峨

半年ぶりの話題は友の乳癌の手術その後の日々のくさぐさ

霧雨に烟りて広き広沢の水面いち羽の鳥の無心よ

一枚の稲田のみのりの色のまま倒れて台風の爪跡しるき

農道に離合の車の穏やかさ嵯峨の人らのゆるやかな時間

軒下に嵯峨菊まもれる家々のしづけき昼を時雨の渡る

土筆など摘みたる土手も藤右衛門の桜の庭もみな霧雨の中

戌の字

何年ぶり音読の本にピリオドの一つなきこと見つけて楽し

わが干支の戌の字むづかし書くほどにバランス崩れこはれてしまふ

大阪へと引越しゆける子の便り待つしばらくは谷間のやうな

「言葉だけなら要らぬ」と言ひし子の面輪のこれるわが胸の淵

錦秋の山より出でて猪のまちなか走る今年四度目

神宮、御苑、府庁つひには二条城名所めぐりて猪《しし》駆けゆけり

何を怒りはた恐れつつ猛進のキノシシ城の堀に溺死す

白沙村荘にて（バラ会忘年会）

雪化粧うすらに遠き愛宕山登らずなりて八年を経ぬ

遠山の欄間に橋本関雪の美学のこれり宴の部屋の

小波さへたたぬ水面の枯蓮の折れつつ思惟の阿弥陀のかたち

処々《しよしよ》に佇てる石仏半島の貌持てり大樹のかげに門の傍へに

金色《こんじき》のいちやう散り敷ける一角の明るさの中に冬の始まり

意見違へる人執り成さむと物言へば心はさびし広き冬庭

水底のもみぢ幾重に鎮もれり池の底《そこひ》に朽ちゆく定め

孫を見舞ふ――十二月十三日

麻酔醒めし孫を見舞ふと降りたてば初雪ほほに絶え間なくかかる

麻酔より醒めたる孫の背に肩にさやれば消えさうな柔らかさ

初雪と書きたるのみの日記よりこぼれてその日のこと立ち上がる

御幸町教会

夕闇の御幸町《ごかうまち》教会前庭に佇てば幻聴か楽のかそけし
電飾に樹形の見ゆる柘榴大樹蘇生ときけば熱きものあり
燭火礼拝終へたる人ら電飾のあかりに自転車の鍵をさしこむ
上弦の月クレーンの先にかかり民泊・ホテルの増えゆく年の瀬

フロリダの雪　　　　二〇一八年

新春の神足《かうたり》駅へと急ぎゆく人間なれば地をぺたぺたと
いにしへの櫛笥通の老紳士　櫛笥通を誇らかに語る

平安のおもかげあるとふ櫛笥通ふたたび見ればあな細き道

木犀の冬枝に二羽の鳩来たり恋の成就を得たる貌して

リビングの日差し追ひかけ置きなほすフランスゴムノキ緑増しゆく

新年を寿げよとて再びを賜びし啓翁桜ひらきそめたり

正伝寺去りがてに聞きし山どりの声のさびしさ思ひ出さるも

ひそやかに西国街道の標ありゆけば故里に近づくものを

フロリダの降雪トランプの所為《せゐ》といふアメリカ女性への応へに窮す

相席のアメリカ女性の饒舌はトランプ氏を切るカードのやうに

天神川

紙屋川の天神川と名の変はる地点の橋よ味はひ渡る
天神川の桂小橋を渡らうか一キロ向かうに麦手餅売る
桂川に合流地点の嫋やかさ川水の色は変はるなけれど
合流の中洲の端のひる下がり男ら釣糸垂れて飽かずも
歩きこし川沿ひの道の冬ざれのさくら桜に春の待たるる

うつくしまつ

起きぬけに「おめでたう」と夫の言ふ「四十七回目の記念日はあした」

記念日の記憶とどめよ植ゑかへて楚々としそよぐうつくしまつは

生きの日のうつくしまつの葉のみどり変はらずあれな終の日ののちも

滋賀の野に得たる実生の美し松わが狭庭なる鉢にすこやか

ウツクシマツはアカマツの変種で、全国で滋賀県湖南市にだけ群生するという。同市の自生地、美松山《びしょうざん》へは行ったことはないが、同市内の公園で五、六センチの実生のものを得た。MI《ミ》HO《ホ》美術館では大きな鉢植えのウツクシマツが来館者を迎えてくれる。

立春前後

マンサクの黄の一枝をひき寄せて春を先取り夕づく園に

思ひのほかスノーフレイクの花大き　寒風に揺るる白のたふとさ

学生のころの京都の底冷えの厳しかりしが懐し今は

ブロンズの裸婦ある冬の木々縫ひて鶫は歩くわが黙のそば

薄氷の消残る池の枯れ蓮の葉の残れるは揺れつつ立てり

ふつくりとぬくとき土の冬花壇あまた球根ねむらせ静か

緑濃き印度菩提樹その下に釈尊休めるごとき態に

ベトナム産海棠椿の花見むと眼鏡くもらせ温室めぐる

「よく見つけましたね」お誉めのことば受く発見物はがんの赤ちゃんか

顔洗ふときこみあぐる悲しみを一瞬泣きて眉描く紅引く

検査結果「白」ときく日の有難たさ主治医の笑顔につつまれてゐて

京都迎賓館

新緑の雨の御苑の清雅なる砂利ふみゆけば身の浄めらる

プラチナの屏風おごそか新緑のもみぢのまにまにあやめ活けられ

垂撥《すいはつ》の金砂子かそかに蒔かれゐて飾り扇子の松輝かす

いまさらに京に住まへるありがたさ比叡月映《げつえい》・愛宕夕照

（夕映えの間《ま》）

外は土砂降り　樋のなき屋根より池打つ白銀の雨

われはいま「庭屋一如」のなかに佇ち廊より愛づる池と新緑

截金《きりかね》のほのか光を反すさま仄かにあれば溶けゆく心

モノトーンの雨と水面を背景に廊橋の上のあやめ紫

深山《みやま》より流れ注げる水のいろ雨の日は雨の色に染まれり

目立つなく調和を基としたること茶室が源流と聞けば尊し

エゴノキ

盛りすぎし花もいとほしエゴノキの花風なきに落つ　三つ四つ五つ

梅花空木白あたらしく咲くところ同じき径を今年も歩く

鷹峯のまあるき山に白雲は長く動かず悟りたるがに

スカーフをひろひくれたる少女の手そつと握れり受けとるときに

春恵さんのハガキの木蓮飾りおく逝く春しばし止めむとして

①②③と剝がせば一人で貼れること便利で淋しロキソニンテープ

百五十年ぶりの巡行復帰とぞ大船鉾を炎天下に待つ

舞鶴湾の真上より見しあまたなる島の夏色いく年褪せず

（題詠　函館からの帰途機上より）

〃とくせいばし〃の碑は烏帽子型と視えてより公達はどなたと想ひはめぐる

無鄰菴

「黄桜」の極上に酔ひ見下ろせる雨夜の庭のやはらかな延び

（左京区無鄰菴七首）

らふそくのゆらめける灯に茶を服すこの一瞬を友と貴ぶ

初時雨に羊歯のみどりの際立てり川音《と》、滝の音《と》辿りてゆけば

有朋の「滝には羊歯を欠かすな」のその滝仄かに灯りに浮かぶ

滝のおと夜の静寂に高まりて小川治兵衛の技の確かさ

陰翳に酔ふがに夜の庭めぐる山縣有朋の近代の庭

近代はかくや明けにし疏水引き芝生を植ゑて広らに穏し

朝の植物園

人影のなき朝の園雑草のひと葉ひと葉に霜のかがやき

ノキシノブ宿せるままに倒れたる巨木の嘆きを秋の陽は射す

コブクザクラ花のまばらのゆかしさを目裏に止め園をめぐりぬ

目立つなき子福桜よ子福とふ名にわが子育ての日を顧みる

冬桜朝の静寂《しじま》に見届けてお茶の稽古に急ぐ急ぐ

　　ＭＩＨＯ美術館へ

この秋の終の紅葉の鮮やかさ目には染みつつ山裾のみち

時雨近み灰色の琵琶湖、七十を過ぎたるわれに相応しき色

つね定かならざるものの一つにてＭＩＨＯ美術館への道の遠きよ

桃源郷といはるるＭＩ《ミ》ＨＯ《ホ》の冬すがた松のみどりは永久《とは》に鮮やか

ナビゲーション終には消えて山に入る美術館への晩秋の径

憧れは〈百の手すさび〉茶杓展削られし竹のわびたる一片

利休作の茶杓静かに置かれゐるうすくらがりのうすあかりの中

私市行　　二〇一九年

何があるとも知らずに来たる私市《きさいち》の駅前の地図に滝を選びぬ

私市に降り立ち迷ふひまのなし月輪の滝へ勇み踏み出づ

土地人に朝より来よと言はれつつ山路急ぎぬもう午後三時

側溝の細きをた走る水の音かみには滝がと心せかるる

寒村の気を震はせて犬の鳴く人家途絶ゆる山の入り口

人家ほどの大岩の陰に滝あると出遭ひしたつた一人が教ふ

もし足を滑らせたなら奈落とも思へる足場にカメラを構ふ

大岩をすべり垂直に落つる水の清らを胸にも目にも刻みぬ

岩を削り階《きだ》つけくれし先人の辛苦を踏めり今日は滝まで

干支香合亥を置き静か吉川松月堂の工房

あの辺り交野《かたの》私市と分かること車窓に嬉しまたも行かなむ

（後日電車で過ぎつつ）

竜安寺

皮のみとなりたる桜の根元より若木の育つ　桜、馬酔木、その他もろもろ

ひこばえはみんな違つてみんないい苔むす土手の春兆す中

百余年ぶりの公開　竜安寺の襖のばせを風生みにつつ

つくばひの「吾唯知足《われただたるをしる》」碑文七十歳《しちじふ》すぎたる吾を質しむ

いにしへのままの山容はるか見ゆ竜安寺の池めぐりゆくとき

春の旅

百十郎桜は三分《さんぶ》と聞きしかど一本咲きてあとはだんまり

関ヶ原開戦地への細きみち民家の間《あひ》にしかと遺れり

山茱萸のあまた花咲くいくさあと秋には血色の実を結ぶべし

若き日の旅程と同じ揖斐、長良、木曾と越えゆく菜の花ざかり

菰野すぎ千草で曲がる湯の町の地名のやさしもう癒されて

猛々しき山容も眼裏にとどめつつ湯に浸りたり一人来し旅

吾《あ》を待てる夫あれば疾く帰らなむこのあたりまへの有難きこと

福王子近辺の天皇陵にて

うぐひすの出迎へしきり十一歳《じふいち》で即位の天皇のみささぎにして

（後村上陵）

山裾をさらにいゆきて御陵《ごりよう》あり白き小さき花の散りぼふ

閑静なる町の奥処の山の上の御陵《ごりよう》はさびし百の石階

雑草の白き小花の立ちゆるる御陵《みささぎ》に来ぬ人影のなく

くちなしの白あざやかにこの御陵の荒れたるさまのやる方もなし

（光孝天皇後日邑陵）

忘れぬうちに（二〇一四-二〇一九年頃）

『羅城門』好きとふロシアのをみなの目忘れぬうちに芥川読まむ

「露《ろ》堂々」英語で如何に言ふべきや言葉濁せし昨日《きぞ》を悔いをり

道教のことわれに尋ねしスウェーデンの青年の言ふ「もつと英語を」

歴史として儒教・仏教・禅・道教にはかじこみは忘るるはやし
ローザンヌの雪を伝ふるメール読む若葉となれる桜の下に
ローザンヌだよりはメール。数行にスイスを慕ふある日の一瞬
日常を彩りくるる外国人ゆきずりながら茶にもてなせり
「プレゴ」三度《みたび》発音乞ひぬイタリアンの巻き舌耳に明るく入り来
（プレゴ＝どういたしまして）
イスラエルの美《くは》し姉弟に茶を点てて心は読まずただ辞儀をせり
（'14・6月戦闘前）
ポルトガルの人らは〈アヅチモモヤマ〉を親しみ込めてわれに囁く
コスタリカの位置知るのみに誉めらるること面映ゆし笑顔は返せど

孤り旅のフィジーの女性　懐しきインスタントカメラに撮りくれと言ふ

四歳の少女の横暴を止められぬ家族の憔悴　抹茶出すとき

その姉と二十歳違へば皆がみな少女のわがまま育てたるべし

丁寧なるレディ扱ひに大人しく茶室を去れりメキシコの少女

ドイツへと帰らむ前に玉露をと初老の紳士は日本語上手

南アよりひとり旅とふひとと話す旅好きの友を思ひ出しつつ

ウズベキスタンの客に囲まれ謝辞を受く礼述べたきはわが方なるを

一本のらふそくのゆらめきの〈夜茶会〉アメリカ人らも同じき感性

一度きりこの世に会ひて茶を点てて見送りし人に良き時流れよ

龍谷ミュージアムにて

如意輪の観音像に祈り忘れ「これも綺麗ね」とガラス越しにて

わが息にも動きさうなる御衣《おんぞ》なり湛慶になりし阿弥陀如来の

目裏を満たせる天衣《てんね》のしなやかさ夕陽の街へ出でたるのちも

立葵みづみづ咲ける初夏の空天衣のやうな薄き花びら

左右大きく曲がりつつ進む地下鉄の帰途の楽しさ十分がほど

貴船へ

台風の爪跡いまだ消えざるを貴船川道空気のうまし

川沿ひの道を辿るは他に二人止まりさうなる静かな時間

倒木は主に杉の木　道を塞ぎ山を滑りて捨ておかれをり

「芸術が全てではない」芸大前の駅の看板に思考始まる

高砂百合（七月三日夫緊急入院）

気丈にも医師の説明ききをりしが二人となりて涙あふるる

泣くことはないよと緊急入院の夫の言の葉のみこまむとす

傘深く涙かくして戻りたり今日の豪雨のありがたくして

徒歩十五分以内にあれど病室と居間を隔つる夜の雨深し

夫病めば薔薇は枯れゆく覚悟なりしを撒水、剪定日の出の前を

待ちわびし雨降り始む　バラ二百余鉢の緑を輝かせつつ

大雨となりて水遣りせぬひと日得たる時間をさて何とせむ

「雨なら行く」は夫の口癖　われもまた雨の日にゆく各種美術館

口にすれば禍事なほも膨らむかと暑きこの夏貝のごとをり

明日の検査楽観視する夫のそば結果待つ身のをののきやまず

肝転移なしと笑顔の医師二人かけつけてくれぬ　やっと安らぐ

安らぐといへども敵は癌細胞　ひとときて寝ねてまた騒ぐ胸

剪定を終へたるバラの傍へにて鬼百合の朱が次次わらふ

じんはりと淋しさは募る夫不在のままに一月《ひと》経たる思へば

無常の波ひたおし寄するわが渚迅速にして後戻りなし

他愛なきこと甦へりじんせいは味はひ深しななじふにして

共に植ゑし高砂百合よひらけかし一時退院の夫の居る間《ま》に

清朗の声に救はれ励まさる病の夫にまだ甘えゐて

予定すべて覆しつつ夏逝きぬ夫入院の青天の霹靂

手術後の生存率の載る新聞　術前の夫には見せずに故紙へ

傷つけぬやう運ばれし玉の桃夕餉の卓を彩りくるる
（Sさん）

明朗の声と笑顔をくるる友孤りじやないよと雨夜の門先
（Iさん）

病身の夫の切りたるバラを活く秋の日差しの届く窓の辺

心明かさむ

清滝川の水きよらかにめぐる町友を訪ねて炎暑をいゆく

黄金色に稲穂風にゆれにつつ北嵯峨に人の影みあたらず

堰止めて進路変はれる川水の澄み透りたり　心明かさむ

側溝の豊かなる流れの冷たさや愛宕、清滝流れ来し水

夫の病告げなば泣くかとふるへつつタオルハンカチ握りてゐたり

風切りて青菜畑の上舞へる〈とんび爪〉に確と目のあり

二条駅にみづみづまろき初ものの梨求めたり夫への苞に

キッチンと廊下の灯り点しおき治療終はるを見計らひ行く

「治療室」のメモ置き姿見えぬ夫小暗き部屋に待ちをりひとり

いかに疲れ部屋に戻らむ夫かとぞ片蔭る窓辺の夕空のいろ

あかねぐも（明日の夫の退院の前に三条大橋より嵐山まで歩く）

新旧の石継ぎ足せる道路元標せはしき通りをひつそりと佇つ
（烏丸三条）

〈たちばなや〉に頂く清水みづゆゑに良き菓子、酒のあるを説かれつつ
（堀川三条）

逝く川のほとりにしなだれ咲きみつる声なき萩を胸にしまへり

百鳥《ももどり》の声ひびかへる斉明社の木《こ》した涼風に歩を休めたり
（斉明社前）

下嵯峨に保津川下りのボートいくつ干され静けし往く人もなし

滔滔と逝く水の辺の葦群は季さへくれば輝くいのち

「往く道は一つしかない茜雲」指になぞれり碑《いしぶみ》の肌
（「往く道は一つしかない茜雲」喝夫坊）

他に何の大切やある霜月の日暮れ祈れり夫のいのちを

塗師《ぬし》・釜師・指物師らを睡らせて師走の雨は京を包めり

（題詠）

＊

さくら・令和二年

二〇二〇年

桜開花いくたびもきく入院の夫に最後の春となるなゆめ

ＣＯＶＩＤに延期・自粛のこの時代がわれらの時代　生きねばならぬ

眉は濃く口紅も濃くわたくしに負けないワタシを作る朝ごと

病窓より青蓮院の桜見ゆさくらなければ穏しきものを

退院日はゆつくり歩きて戻らなむ徳成橋の桜よ散るな

ほんたうは夏越しの祓へにくぐるもの桜見にきて茅の輪を潜る
（四月二日早朝八坂神社にて二首）

COVID退治の茅の輪といへりもう祈ることしか出来ぬ人間《ひと》の儚さ

墓処決めて桜見《はなみ》むとゆくにどの道も夫を待つがに花期長く咲く
（大徳寺黄梅院）

夫に最後の春とはなるなと思ふだに涙滲ませ助手席にをり

加茂街道は桜の道と知らざりきもくもく咲きて先見えぬまで

先見えぬは見えぬウィルスの統べる日々　中止・禁止に人の分断

新トンネル知らずに潜ればゆくりなく貴船の清き空気に包まる

貴船川さやか時には響む径　うぐひす鳴けり左右《さう》遠近に

例へば　賽の河原の静かさの川辺に春草、水には岩魚

「もう満足あとは写真で」といふ夫を淋しむわれに庭桜輝る

令和二年の春

平成は津波、原発、虐待死、大地震《おほなゐ》、噴火さむざむ終らむ
（平成三十一年三月五日）

唐《から》より和へゆるきカーブを描くやう令和の未来やはらかにあれ
（平成三十一年四月一日二首）

今は亡き妹令子世にあらばその夫和雄と喜ぶものを

令和初の京の桜を人影のなきまでＣＯＶＩＤ町を揺るがす

人力車、人のにぎはひなき真昼　美事の桜無音のなかに
（野村別邸枝垂れ桜）

〈沈黙の春〉を桜の咲き誇り淋しく明けて音なく暮るる
（レイチェル・カーソンの『沈黙の春』を念頭に）

美しくやがて淋しき桜花コロナウィルス拡散の春

東山の桜の散れば山木々に紛れゆきたりさくらの所在

三、四日の食材求め急ぎゆく幼のやうに夫ねむる間《ま》を

片付けをせむと開けたる引き出しのやりかけの刺繡に時間は止まる

朱き花の刺繡の続き幾年ぶりステイホームの連休初日

密避けむと藤の花房すべて切らる　花よ痛まし花切る人も

平均余命（'20・拾遺）

初花の臘梅朝日にかがよへり籠らず心放てと香る
（一月）

平均余命すでに越ゆるとふ医師の前こらへても堪へてもなみだ

永訣は誰にもあると分かれども頭とこころは添ひがたくして
（五月）

小夜嵐まどを打ちゆく刻の間を小康の夫に背を抱かれつつ

いただきし鉄線・桔梗《きちかう》ひとりゐの折れさうな夜を慰みくるる
（六月）

念入りにアイロンかけてシーツ畳む夫退院の日をかぞへつつ

この病治せぬとふ医師のこゑ木霊のやうにをりをり還る

コロナ禍をマスク・眼鏡・日傘低く誰も知らずの涙顔して

（七月）

新たなる光免疫療法は夫には効かぬと一言に伐らる

（十月）

すすき

逃避にはあらねど午後の地下鉄に野をめざすとき心ほぐるる

野に採りし薄挿し月の出の時刻をよみて窓の辺に置く

薄に添ふる足摺野路菊そを賜びし人の音信久しく聞かず

仲秋の月とて二人眺むるも最後か知れず　薄手向けぬ

一人でも生きてゆけるか　雲ひとつかからぬ月を二人仰ぎつつ

大原へと越ゆる山道たびたびを車止め訪ふ　祠、野の川
夫の指す川魚すばやく岩陰にひそめばわれも息ひそめ佇つ
予報通り午前三時の降りはじめ冷雨となりて秋を深くす

秋を纏ふ

栄養と免疫力のみ思ふこと離れて秋を纏はむと行く
常のごと送りてくるる夫なれど明日の発熱われはおそるる
戦国の武将睡れる大寺のもみぢ美々しく色づき始む
（大徳寺黄梅院）
たつぷりと打ち水されし苔庭に蒲生氏郷の碑のしかと建つ

大寺の静かさを踏み行き戻る明日の光を得たる思ひに

そこまでは裂けるな柘榴　むらさきの式部の墓の静謐の域

感染のやまぬＣＯＶＩＤの時世なれど銀杏並木の金は輝く

幾月の不安まみれの身を漱ぐ金のいちやうに風通る午後

一km《キロ》の銀杏並木よ一kmといへど北から色付くといふ

金色《こんじき》のいちやう並木に沿ひゆきし秋のひと日の忘れがたかり

旅――十二月十五、十六日

巡礼を完結せむと発つ朝　夫の病を忘るる青空

突然のみぞれの出迎へ石段も庭も空気も清められたり

（岡寺にて九首）

石階を登れば遥か青垣のあはあは美しき大和国原

石窟の闇の奥処の観音像へ手を引かれつつ辿りつきたり

観世音坐像ほのかに照らさるる洞窟の闇は身の闇に似て

闇を彫り観音刻みし尊さよかそかに見ゆる像に礼《ゐや》せり

石窟の闇より出でて身に沁みる現《うつつ》の光　ひかり尊し

蔓紫陽花見よと矢印ある先を種子臘月の風に揺れをり

印度・日本・中国の土もて造られし如意輪観音にねがひはひとつ

唇の朱ののこれる尊像やまだまだ夫に添はせ給へな

大神神社から橿原神宮へ

すぎこしのおぼろ伐るごと大神《おほみわ》の鳥居くつきり青空にたつ

「くすりみち」の碑のみち励まし登りゆき三輪明神の御神水汲む

昇殿を乞ひて莫蓙あるところまで「華鎮《はなしづめ》」とふ額のあざやか

疫病を鎮めむ祈りはいにしへも。新型コロナを今は鎮めよ

神武より二千三百八十年神宮域の空の広さよ（橿原神宮）

樫鳴らしあらぶる風のまなかにも巫女の緋袴折り目ゆらがず

足早に白砂ふみゆく巫女ひとり門に消ゆればあとは冬色

神宮の池に浮寝の水鳥の吹かれ寄りくる逆光の中

橿原よりはるかに見ゆる二上山《にじやうさん》冬陽のヴェールまとひてかすむ

旅終はるとふり向く視野に二上山、三輪の鳥居ももう見えずなり

この旅も思ひ出となり食材を選りつつ戻る日常時間

賀状

歳晩の門扉清めむ井戸水のたちまちにして汚れ色なり

（十二月）

夫の病のみに添ひたる日月の窓、床拭きてつくばひも洗ふ

とにかくに賀状書ける幸　金の丑に紅梅一枝、朱き落款

身体つよく心もつよく歳越えむこの幸せにまた涙ぐむ

来る年には金婚、夫の喜寿もあれば心鎮めて刻やりすごす

病あれど金婚と喜寿に辿りつくは幸運としか言ひやうのなく

二〇二一年

臘梅

ふりむけば月香るがに光りをりコロナ禍の日々も空は清らに

（一月二十七日）

緊急事態宣言の中生きのびて金婚を祝ぐ二人きりにて

（一月三十一日）

京のまち最低気温マイナス四、臘梅にしかと蕾並べり

寒中の蕾七十余を数ふ鉢植ゑ三年目の臘梅に

冷えしるき庭にも幸あり臘梅のつぼみ数へて一日《ひと》始まる

蕾ひとつほつれて香り顕つる朝ふり向きざまに「らふばい咲いた！」

現世の苦悩の隙間に流れこみこころを盈たせる臘梅の香は

らふばいの香に悲しみを忘れたり一瞬といへど労はられつつ

みぞれやみし二月二日の立春の庭に臘梅一枝明るし

（一八九七年以来一二四年ぶりに二月二日が立春となった）

今入院

迷ひ来しコザクラインコ虹色の羽は幸運もたらす啓示や

（二月五日）

寛解の近きわがそば入院を告げられさうな夫が付き添ふ
（二月十日）
「いま入院」と言はれ動揺おさへつつ準備整ふ日の暮るるころ
車椅子に運ばるる姿見送れりいつか来るそのままといふ日が
面会はあたはずされど入院は運よく決まるCOVID禍の中
一日中放しおきたる部屋に鳴くインコ一声「おかへり」言ふがに
誕生日に生まれ変はるがに輸血受くる夫よいつでも応援してます
ガーゼ一枚真新しきを七階のドアまで届けぬドア手前まで
鳥も心さむくあるらし半日の留守を小籠に一羽のみゐて

幸せな人生なりしに今怯ゆいつかあなたを失ふといふこと

梅　園——二月十九日

病院をあとにバスに飛び乗りぬ今年の梅の春を見むとて

落葉厚くつもれる道のやはらかさ優しきものに包まれ歩む

沼杉の呼吸根ある径の辺の静寂の上の雪雲重し

クマザサの白のきつぱり　善と悪、生と死かくもきつぱりゆかぬ

梅園のみ目指し急げり病棟へ届けものして来たるこの身は

「冬至」白、「道知辺《みちしるべ》」桃、くれなゐの「大盃」とふ梅いま盛りなり

「鹿児島紅」のくれなゐ良けれこれのみを写真に収め地下鉄めざす

古き木の伐採跡か梅園のいくつ窪みは春草護る

「五台山白」とふ椿　名にし負はば遣唐使の日々語れかし

退院日はなかなかの馳走粥たきて煮付け・おひたし・吸もの・田楽

大覚寺へ

この午後に輸血の予定ある夫に送られ来たり大覚寺まで

五十年享受してこし優しさに返せる術なく添ひてゐるのみ

幾曲がり廊を伝ひて境内の奥処に写経の作法を聞けり

ただ一人と思ひゐし部屋に十余名　写経終りて筆置けるとき

思ほへば三・一一《さんてんいちいち》ゆかりある人もゐるべしこの写経場

かなしみもおそれも忘れひとときを写経の静寂に無我となりゐつ

嵯峨御所と呼ばれし荘厳三月の空に花ざかりの左近の梅も

わが腕に

わが腕に永遠の眠りにつきし夫最期さへわれを幸せにせし

ていねいにいまはのきはまで生ききりし姿を刻むこの胸深く

見開きて見つめ賜ひし渾身の君の思ひを思ふ日々《にちにち》

あとがき

新型コロナウィルス席巻のここ二年は緊急事態宣言の発令、その延期ありの難しい期間でした。それと時を同じくして六回に及ぶ夫の入退院を経験。新型コロナのためマスクをし、外出もままならず、人にも、離れ住む子供達にさえも会えずの二年間でしたが、都合もよかった。誰にも邪魔されることなく、病の夫に寄り添う日々であり得たからです。

この期間に金婚記念日と夫の喜寿が巡ってきました。これを期に夫への感謝の気持をこめて五十年の結婚生活の中で詠んだ日々の歌を纏めたいと考えるようになっておりました。

五十年の間には二冊の歌集『銀色の川』(一九九四年九月〜一九九八年五月)、『灯りをさがす』（一九九八年八月〜二〇一二年三月）を出版しており、すんなりとは行きませんでした。出版以前以後を並べればいいようなものの、仕事人間であった夫に子育ての頃のこと、また子供達にもその幼少の頃のことを文字で残しておきたいとの思いから、削りに削った二歌集で零れた歌の一部も収録したいとの思いが強くあったこと、一冊の中に前半後半で新旧仮名遣いを入れることも問題と言えば問題でした。が、夫への、そして新型コロナで見舞うことさえ出来なかった子供達への報告の集として、文学ではなく日常の記録、リリシズムではなく事実。こう割り切ってしまうことで前へ進むことが出来ました。

二〇二一年七月十三日、少し整った校正書類が送られて来ました。夫はそれを目にすることもなく同日早朝、私の腕の中で遠い所へ行ってしまいました。柩には「本」を入れることが出来ないと知り、直ちに校正書類をコピーして夫の胸元に花や思い出の品とともに添えることが出来ましたのは幸運でした。

巻頭の二首は母・松本寛子の作で、三人姉妹の長女の私の結婚をやむなく認めてくれた両親の本当の思いを記しておくものです。

口絵は、一時期版画を習っておりましたリチャード・スタイナー先生の作品の "In

Full Bloom" で、奥様で翻訳家のスタイナー・紀美子先生の「ほら見事に咲いたよ」という日本語の題がついています。リチャード先生は米国ミシガン州のご出身。ニューヨークでファッションカメラマンとして働かれたあと一九七〇年に英語教師として来日、のちに木版画家徳光思刀《しとう》さんの作品と出合い師事。現在は京の木版画家として活躍されています。風景はもとより内面世界、平和、命、宗教と作品世界は広く、ユーモアあり風刺ありで観る者を楽しませてくれます。京都国際木版画協会（KIWA）の会長でもあり、作家生活五十周年を記念しての展覧会を開かれた時に求めたもので、巻頭を飾って頂きました。

構図が面白く、曲がりなりにも五十年という金婚の花を咲かすことが出来た私共夫婦にぴったりと思い、昨年の展覧会でこの作品を求めた時から歌集を飾って頂こうと心に決めておりました。

集中〝忘れぬうちに〟の数首は、福寿園京都本店の茶室での仕事をさせて頂いていたときに出会った海外からの人達の事を収めています。新型コロナ以前は多くの外国人で大忙しの楽しさでしたが、歌として残したものは多くはなく残念な思いもなきにしもあらずです。

夫は二〇一九年七月に高熱と激痛のため緊急入院。膵臓癌でした。以後入退院を繰り返し化学療法や輸血を受けつつも、自動車免許の更新、白内障手術、観桜、建墓、治療のための遺伝子検査、いくつかの展覧会、一泊旅行、新型コロナのワクチンの接種も受けました。京都バラ会の会長は退いたものの、バラの世話を楽しみ、大相撲、野球、テニス、サッカーなどあらゆるスポーツをＴＶ観戦、釣り番組も楽しみ、常に前向きに過ごしました。関係して下さった各分野の多くの方に感謝申し上げます。

装幀は前歌集でもお世話になりました仁井谷伴子様にお願いして頂きました。

前歌集に続き青磁社の永田淳様には日常雑記のようなものの出版を引き受けて下さったこと大変有難く心より感謝いたします。

五十年変わらず大きな心で包んでくれた夫にこの歌集を捧げます。

令和三年七月

西田　泰枝

著者略歴

西田 泰枝（にしだ・やすえ）

1946年8月	姫路市生
1965年	短歌を作り始める。「文学圏」入会
1967年	「詩歌」入会
1984年	「詩歌」廃刊に伴い「青天」入会 現在同人、編集・運営委員
1993年	「青天」結社賞第1回「青樫賞」受賞
1999年2月	歌集『銀色の川』出版
2001年2月	随筆集『玩具箱』出版
2013年1月	歌集『灯りをさがす』出版

現代歌人協会会員

青天叢書第六十七篇

歌集　日月　健やかなる時も病める時も

初版発行日　二〇二一年十二月十六日
著　者　西田泰枝
京都市左京区岡崎徳成町二一―一（〒六〇六―八三五一）
定　価　二五〇〇円
発行者　永田　淳
発行所　青磁社
京都市北区上賀茂豊田町四〇―一（〒六〇三―八〇四五）
電話　〇七五―七〇五―二八三八
振替　〇〇九四〇―二―一二四二二四
https://seijisya.com
装　幀　仁井谷伴子
印刷・製本　創栄図書印刷

ISBN978-4-86198-525-6 C0092 ¥2500E